顏色的抵抗

◉林文義／著

聯合文叢 565

【推薦序1】

最後與最初

白靈

散文家寫詩，林文義不是第一個，王鼎鈞、張曉風、簡媜、隱地都試過，而除了隱地外，多為淺嘗則止。林氏與前述諸位不同的是，最初在青少年十八歲時他早就從想當一個詩人涉入文學，卻被上世紀六〇年代的晦澀詩的狂風給掃退。此願未了，在七、八〇年代他又廁身陽光小集詩社，以辛辣的漫畫針砭詩壇亂象，與當時諸多詩人過從密切。此後他在記者、主編、評論人、旅行家、散文家、漫畫家、小說家等諸多不同身分中遊走，他最在意的應該是成為一個坦言不諱、一等一的文字工作者，他的諸多身分轉換最終都由三十八本散文集和六本小說集記錄了下來，產量可謂十分驚人。其文筆既冷冽又熱情，介在蕭索與華麗之間，而詩其實早就隱身在其中，只是他自己不知道或不在意罷了，直到他所謂「初老」（五十三歲）時，才因一場情愛獲得真正引發。

但他是必須不斷在完整與孤伶之間漂泊的人，那像是華麗與蕭索的兩極，此種因心境巨大的起落造成精神的困挫，由其溫和的外表是看不出的。雖然不安人人皆有，但林文義的不安卻特別深重，「離開子宮就學習尋索地方」本是人類與母體分離即潛藏的漂泊天性，但「回家的路一生都難抵達」、「流亡是他永遠的名字」（〈薩依德紀念〉），林文義說的不是薩依德或巴勒斯坦人，而是他自己。尤其對一個中堅代本省籍文人而言，背負了過重的歷史創傷，因此似乎都患了一種母語的匱乏症（受壓抑的非官方語言），乃至一種土地的匱乏感（遭到亂翠濫伐的山山水水），加上臺灣的身分認同始終無法底定，讓他們身心俱疲、無法安寧，幾十年面對的卻是從極度的鄉間到成為自己都不認得的土地和城市，那種失落是再多的文字或口說的語言都記錄不了的。這或是他走遍全臺各大小鄉鎮和離島之後還要一而再再而三旅行世界各地的緣由，而會不會也是他到近年想要用詩試圖同時抓住華麗（色）與蕭索（空）的兩極，來填補那巨大的匱乏症的理由？他的詩，即是他的不安他的匱乏之更純淨更超脱的填補方式，也是源自他天性中始終率真、無偽、亦無畏、所謂「思無邪」的另一種展現。

文字能成篇代表的是「神」的短瞬的完整，日常生活則如同破碎的日常語言、和無法被記錄下成為固定文字的母語，代表的是「形」的孤伶。他長年便不斷地在這完整與孤伶的兩頭奔波、盲撞、張望。當他無法書寫，又處於支離與孤憤狀態時，這塵世的虛假和偽善會令他疲乏、抓狂，他不能不暫時離去，免得讓自己陷於躁鬱。

他是文人中少數旅行頻率極高的異類，旅行像是他一種飛翔、休息、舔傷、自我反思的方式，那看似孤伶單飛的形式，卻更彷若是他選擇「完整自我」的一項儀式，每每「離開故鄉島嶼萬里之外」為的是「要細密的、嚴慎的將支離破碎的自我重新裝填」（見《三十五歲的情書》一書，一九八九）。旅行讓他能在群我與孤我之間來來回回，不斷地自我洗滌、調整。時空轉換中，在不停移動的點線面之間上下縱躍，遂令他具有極大的介入與抽離生活的能量，出入夢與現實、虛與實、白天與黑夜之快速變動間，他積聚了極大的創作衝勁，使他作品源源不絕。文學成了他的救贖，他藉語言的重整、書寫、創造，拼貼零碎的自身，文字的一點一滴即是他自我療癒和完整記錄整個歷程。

他的詩中不斷提到的「純淨」二字，即是他在完整與孤伶的兩端均希望達到的極致：「迢遙無垠，蒼墨海域／那是人跡滅絕之純淨」、「純淨，可不就是未曾顯影」、「最初的嬰兒，我的純淨」、「文學比擬聖經反而純淨」，「剝開自我如鏡之純淨」、「詩的名字叫做：純淨」、「純淨就是一朵山茶花／靜謐的私語以及／只有詩能夠宣示的／某種靈犀於心的符碼」、「誓以古老的手寫只為淨心／純然與堅執相信／最初的許諾還以最後之純淨」、「不渝的尋找純淨／彷彿乍見戀人耳畔山茶花之紅」、「再鹹澀的波濤因詩而純淨」、「文字信徒只求心靈純淨」、「尋索一個字／純淨一顆心」……。他不斷提出「純淨」二字以警醒自己，說的正是「純淨」之不易之匱乏之短暫，「人跡滅絕」是去不了或一瞬之幻覺，「未曾顯影」是不可能的，「最初的嬰兒」是回不去的，而當他說「彷彿乍見戀人耳畔山茶花之紅」，也只能是「彷彿」、「乍見」、短瞬之花「紅」，不是常態，是非常態的。那就如同絕對的完整與絕對的孤伶之難達至或難以長久駐守任一端一般。

他在二〇〇七年的詩集《旅人與戀人》〈幸福練習〉一詩中即明白了「純淨」只能是某一瞬的一種發現，以及「詩的名字叫做：純淨」的原因。此詩前三節說：

練習寫詩的初老之年
賦格與句法猶若
春來初綻的青芽
探首凜冽的大氣

練習寫詩從京都歸來
像祇園一盞紅燈籠
乍見的靜卻暈然的暖
妳的微笑是內裡之焰

練習寫詩但願求得純淨
猶若悄入寺院噤聲
敬謹參拜一樹綻放之櫻

首節「春來初綻的青芽／探首凜冽的大氣」說的是一種不畏、未染、喜悅和好奇，如初生之犢般，無懼外在環境如何「凜冽」，該綻即綻。二節「祇園」指的是京都一塊區域的名稱，景點有北邊白川岸邊，南邊的花見小路，說的是旅次中對「紅燈籠」的「暈」「暖」和「乍見的靜」印象深刻，起因於「妳的微笑是內裡之焰」，景因情而別具意涵。三節說「悄入寺院噤聲」為的是「敬謹參拜一樹綻放之櫻」以及「回眸靜候妳的到來」，說的是對待事物的「敬謹」有如修持及「求得純淨」的一種行動。此三節由一己如「初綻的青芽」寫起，到藉「一盞紅燈籠」的「靜」「暖」「焰」與戀人互動，到共同敬謹修持，由單修到雙修，正是人生由孤伶到完整的路徑，卻不可能永恆駐守，只能在這兩端來來回回，一朝執著一端，即陷困境。

於是我們看到一種不即不離、若即若離的心境，是使他較能趨近安頓自身的最佳狀態，即使用於處理情感時亦然，也是他近年感受到詩、乃至感受到幸福的一種情境模式。此種狀態宛如他的上本詩集《旅人與戀人》不斷提及的「旅人」與「戀人」兩種複雜、既可重合又難以時時重合的關係，「戀人」是求取重合，是「即」，「旅人」常求取獨行，是「離」，偶爾合二為一，又非能長時間，則短短數日，也能記憶遙長。而若「戀人」日常彼此的重合若也非要求日日相聚，互讓對方有極大的轉圜空間，則如此關係，就進入了《圓覺經》所謂「不即不離，無縛無脫」的狀態。然而既不離戀人、又要離戀人，既不離人間、又要離人間，這是多麼難的境界！

不即不離、若即若離如放在生活的實踐中，是既即又能離，既入又能出，勇於在最熱中抽離自身；在生命領悟上是明白沒有事物可以真正穿透，所有真理均是相對性的，沒有絕對性，因此只能達至一種「亦隔亦透、不隱不顯」或「望而難即，見而仍蔽」的狀態；而在詩的創作中則是採用「欲離欲近」（離得開才靠得近／或「分則胡越、合則肝膽」）或「似斷而實連」的手法，使事物看似陌生或反常，反而越能貼近那不易貼近的。此種意蘊與古人寫詩求索的所謂鏡中花、水中月、「妙處不可湊泊」、「妙在含糊」均相似。

然而在人際關係或生活周遭上要在最熱中抽離自身，是多麼不易為啊。但幸好在詩的追尋上仍可接近，更幸好林文義與他「初老」的戀人Daphne有類似的共見，這是林文義理想中的情感關係，因這其中才會有源源不絕的思念和守候。因此即使是一對「戀人」（要求完整重合），也要有「旅人」（常需孤伶獨行）的思維和行動，則完整感會因孤伶感而更完整。因此當他說「妳的向晚華燈初上／我的子夜星已成眠」、「我點燃一盞燭光守候／妳在遠方一定看得見」（〈維也納簡訊〉，見《旅人與戀人》），說的是兩地相隔的思和甜。到了這本新詩集《顏色的抵抗》中更見其「欲離欲近」的實踐能力，離得開才靠得近，說得可容易，世人要做起來是極不易的，若非有相當共見和同等智慧，乃至皆「歷經滄桑」，其可能性極微。而林文義與他的Daphne顯然能同此慧心，何況Daphne也有不凡的詩才，比如她寫在林著《旅人與戀人》最前頭的序詩，簡單數句就有驚人的力量：

夏天裡愛情過海洋，
山風和著海風齊聲歡唱。
張開帆，憂鬱變成錨，
穩住海流的方向。

（〈深藍〉後半）

「憂鬱」指的當然是詩集主角林文義，本與「張開帆」是相同主角的本質，卻「變成錨」，可以「穩住」外在的「海流的方向」，憂鬱的不動（錨）反而穩住了海流的動（方向），缺憾反倒成了優點和主導力量。「孤伶」（帆／憂鬱／錨）反而驅使生命「完整」（穩住海流方向），反常反而合道，不可能反成可能，「即」（憂鬱／錨／不動或動不了）主導了「離」（方向／動），既即又離，若即或離，末了在詩中成了不即不離的佳詩，Daphne重新詮解乃至解構了憂鬱的意義，指出它潛在的意義、隱藏的力量和更大的可能性。因此「即與離」其實即「完整與孤伶」的另一面貌，「欲離」（孤伶）反而「欲近」（完整），不孤伶則不完整，而這或正是「詩的名字叫做：純淨」的本意。

因此當林文義在這本新詩集《顏色的抵抗》中拓展他的詩境和題材，即比《旅人與戀人》有更大的斬獲，除了從情詩向政治向倫理向友情行注目禮，也向翁山蘇姬向薩依德向切．格瓦拉向詩人向畫家向社運向天地一切可學習者學習，他知道寫詩之一途著實不易，因此我們就看到了林文義追求「純淨」的努力和痕跡。即使延續前集的情詩也有不凡的表現，尤其是〈胭脂〉與〈冷的華麗〉二詩，而且應均是獨自旅行後及在旅行中所展現兩人「欲離欲近」的心境。〈胭脂〉一詩是「我從海那邊歸來」，腳步挪近家時，假想妻在家等待的「剪影」和「想妳必在菱花鏡前靜坐／苦思迎我的胭脂脣色」，「我必在最深的子夜探看／秉以燭光照亮妳殷紅之脣」，寫出了「孤伶」後對「完整」的期待。

〈冷的華麗〉一詩他則以厚沉的筆調大筆塗抹異鄉景致及旅人的孤伶感，隱微帶出情詩中求取完整重合的韻味：

水晶吊燈暈紅一盃酒
窗外冷冽古城石板路
婦人讓黃金獵犬前行
尾隨是她太陽般的髮色

瞅入窗裡的綠眸等待春暖

狹長的湖光被雨雲緊掩
對岸山脈冬雪卻頑抗
天鵝以及鴿群依偎
羨慕我剛盡紅酒一盃而後
好整以暇翻點菜單

午後冷雨不歇莫非晚來欲雪
那就決定帶瓶好酒回去
回到離家九千公里的旅店
輕倚流蘇窗前等待夜來
雪落悄然如妻子笑意溫婉

晨起的教堂鐘聲喚醒初萌的
紫藤也許松果還覆著霜冷
在昨夜微醺後的夢中
細碎白花以及流過邊境
萊茵河女妖的水歌魅惑

忠誠不必鐫刻在家徽或
以碑偈記載歷史榮辱
鷹之矯健蛇的深沉
陌生的華麗我以冷冽探看
妻子說：再尋一瓶好酒就是

詩分五段，首段由酒（餐）館近景的酒杯和吊燈寫到窗外動態的蹓狗金髮婦人形貌，並與窗內人對望的眼色。二段寫遠景（雨雲／山脈）到中景（天鵝／鴿群）又再回到窗內動態近景（剛盡紅酒一盃／翻點菜單）。三段又推出去寫窗外天色，時間則推到下午乃至晚上，空間推至另一端暫歇的旅店看落雪，中間以「帶瓶好酒回去」省略了酒館到旅店的過程、乃至由九千里外的家到此的原因。第四段將時間則再推到隔日清晨，省略了「昨夜微醺後的夢中」的所有過程，只簡單交代夢中有「細碎白花以及流過邊境／萊茵河女妖的水歌魅惑」等場景，顯然是一好夢、乃至是一春夢。末段是感懷及對好夢或春夢做一交代，「忠誠不必鐫刻在家徽或／以碑偈記載歷史榮辱／鷹之矯健蛇的深沉」是他在異國所見的琳瑯雄偉的各種歷史標記，對他而言只是「陌生的華麗」，都不如詩末句「妻子說：再尋一瓶好酒就是」來得暢快。而此詩讓人看不出待在酒館究竟是孤伶一人或兩人，但「雪落悄然如妻子笑意溫婉」和「妻子說：再尋一瓶好酒就是」兩句看起來像是實況又像是虛擬句，而實情經過向作者驗證後雖知不是一人，但寫出來又讓讀者不免有些狐疑，正是使「即」若「離」，達至「不即不離」、「欲離欲近」的妙處。此詩宛如油畫的筆調，寫情而情含而不露、生動地描繪了旅人形與神自如來去、已接近一種能即能離的能力，說「詩的名字叫做：純淨」，則此詩已庶幾乎近之。

他對「不即不離」的意蘊時有體會，尤其在記敘上，比如〈特洛伊〉、〈彷彿一朵山茶〉、〈凱達格蘭〉等詩均有林文義擅長敘事的味道。抒情則如上舉〈胭脂〉、〈冷的華麗〉二詩，感懷則如〈詩集〉一詩的二至四節：

所有文字說的是愛
遠遊的飄鳥
安心返回溫美的森林

濕濡羽翼有花葉香息

陌生的詩曾經遠如
海域與雲之距離
隔著窗若有似無
探看一種冷以及不確定

原來是以美麗抵抗
如同新幾內亞叢林深處
紅寶、翡翠之羽的鳥群
兀自鳴唱不予人聽

漂鳥「遠遊」後能「安心返回」，代表倦遊和已有所安頓，「濕濡羽翼有花葉香息」便是收穫，至於以何種文字表現，取捨雖有不同，但說的無非是「愛」，然而詩姿勢似乎有異，「隔著窗若有似無/探看一種冷以及不確定」，即如前所述「不即不離，若即若離」，不知其意向為何？說了又像沒說，沒說又像說了什麼。原來只是「紅寶、翡翠之羽的鳥群/兀自鳴唱不予人聽」，以其宛如自然天成的文字或林文義所謂的「純淨」抵抗著世俗的認知和凡常價值，即使深藏美麗於「如同新幾內亞叢林深處」，亦要有所堅持。他領會的詩不正是宇宙萬物始終處於色空、有無、虛實互動之「不確定」狀態的體悟？

又比如下列段落：

詠歎調時低時吭
咖啡香醇的倒影
木窗外一樹霞火

老婦牽著秋田狗穿過

（〈錦秋四題〉之三，首段）

燈塔靜默百年
向晚就用力睜開眼睛
夢的回憶是海盜或者
戀人含淚看星

（〈燕鷗對看〉摘錄）

地獄之火留予政客
早綻櫻紅入我眸中
千萬句謊言不如一朵花
花美人惡的亂世年華……

（〈早櫻〉摘錄）

西班牙老地圖怎像
少年夢遺之痕
暈開的羞恥朦朧泛黃
彷彿經緯及航路
初語女體的陌生……

（〈地圖辨識〉摘錄）

一闋豔色華麗的絕句
墨分五色如何竟筆
長牆內椿花悄落
白淨宣紙之紋理晃動

怎是暗影間明月來窺探

（〈彷彿一朵山茶〉摘錄）

軍隊逐戶搜索逼以利劍
驚醒的嬰兒嚎哭，母親尖叫
油燈顫慄在灰牆的亂影
野獸們呼喊：詩人何在？

奧德賽離開的子夜
羊皮紙遺落在未喝完的
酒瓶左側留下一串葡萄
渾圓若海倫皇后的項鍊

（〈特洛伊〉摘錄）

這些段落均生動鮮麗、清新可誦，體現了林文義在詩藝上的精進和題材拓寬上的努力。而他對時事或政治上或人物詩的抒寫則較多了些「即」、稍少了些「離」。如果轉換角度如〈殘荷〉、推離對象的距離如〈薩依德紀念〉，而抒情若「不予花訊兀自開與落／像詩之形成無聲悄默」即若即若離如〈冷的華麗〉，則林文義的詩能量必然極具爆發力。

任何一首詩完成後都是既完整又孤伶的，是由不即不離既隔又透的手法所產出的，在生活的實踐中我們卻很難是既「即」又能「離」，既入又能出的，誰能勇於在最熱中抽離自身的？但「不眠四十年」（〈夜醒者〉）的林文義卻可以，那是他由生活困境、憂鬱的頓挫中練就的本領，卻既是他的痛他的「錨」也是他「穩住海流方向」的能力。而能寫出大散文《遺事八帖》（二〇一一）的人，對詩既然是「最初」之愛（十八歲，見〈後記〉），會不會也是他「最後」要攻掠的堅堡呢？他在詩的書寫方式和題材的注目方向顯然有其自身獨特的見解，由前舉數例中可見出他又已另闢蹊徑，不走一般詩人路數，因此對他未來的可能性——將會去「穩住」什麼樣的「海流」和「方向」——我們豈能不有所期待呢？

【推薦序2】

愛與革命的思辯

李進文

I

淡淡日光，微微風，陽臺擺著下午茶盞，菸灰缸緣，煙是清瘦、直白的，向上的個性；木桌一本打開的詩集……他正在寫一則簡訊傳給友人，只為了說：「我喜歡你的詩。」簡單的問候，真心的讚美。他帶有老派文人的固執與優雅，偶爾很認真地笑自己不合時宜，甚至，珍惜一些不見容於時代的「不合時宜」。

林文義永不違「真情實意」，生活如是，創作亦如是。

有時明明沒啥特別的事，你卻接到一通何必要有什麼事的電話，問安而已，你突然覺得這樣的電話很讚，像詩，不為什麼目的，純淨，微溫，一旦聊上文學他就熱情洋溢，連手機都感染了體熱。他會心血來潮深夜到誠品書店，只為買一本他喜歡的詩集，書林問他是一隻貓頭鷹傾聽夜的動靜、詩的孤絕。他會熱情地介紹漫畫書給你，勾憶起純真的往事。他到現在還是手寫稿，但朋友都愛收到他的手寫卡片或書（上頭有工整的字和可愛的漫畫）。他維持少年時做勞作般的樣態，備好剪刀、膠水和剪貼簿，於午後恬默、靜好地剪貼一首詩或一篇文章。他維持寫日記的習慣，因為世界是不完美的，所以更值得記下。出版社跟他邀稿散文，他偏偏要問可不可以寄詩，他認為：「詩比經典虔誠」。他的愛情、他的婚姻、他的日子，別人忌諱的私我之事，他都能談笑風生⋯⋯他果然不合時宜。

但不合時宜的人怎會寫出──「穿越蟲洞千年，是否回返昨日的時間?未來的你。」那樣寓言潛移的〈未來的未來〉呢?或許,說不定是世界本身早已劇變得更不合時宜了。

老覺得,林文義活得像一行信手拈來的詩句,直覺,跳躍,自在。

II

他曾在〈動靜幽然——文學與生命對話〉(2003)裡說:「自己來區別創作的三個階段,剛好是十年一種風格。」一九七九以前是第一個十年,華麗抒情,風格未定;一九八〇以後是第二個十年,因著他參與臺灣風起雲湧的反對運動,政治以及旅行改變文學取向,他開始關懷人民與土地;第三個階段大約一九九〇以後,紛繁的俗務反而讓他回歸內心的探索,這時他已是五十歲中年了。這三個階段,無論散文、小說,都各有代表性的作品。其中,散文更是他無以迴避的主力。

林文義還沒自述的是「第四個階段」。我私以為應是從二〇〇五年四月他與作家曾郁雯遊日本京都回來後開始書寫「情詩系列」，一直到二〇一三年，這八年應該是他創作生命中非常特殊的「第四個階段」，用一句話來說，就是：「詩與真愛」的時期。

為何特殊？先來回顧一下他的創作歷程。林文義無限懷念早年參與「陽光小集」詩社，當時成員有向陽、苦苓、劉克襄、王浩威等人，可是，他卻是唯一畫漫畫卻不寫詩的社員。歷經三十年跌跌撞撞，對詩未曾或忘，不寫詩卻熱情地讀詩，這跟很多人不讀詩卻熱中於寫詩有很大的區別，在他三個階段的創作，「詩意」一直是內在的主旋律，年少當兵時，他公文袋裡隨身攜帶的是兩位詩人的散文——楊牧《葉珊散文集》和沈臨彬的《泰瑪手記》，在這部新詩集《顏色的抵抗》，還念念不忘收錄一首〈致：沈臨彬〉，寫道：「我半生思索關於／你獨特的黑夜顏色」，他對詩與詩人念茲在茲的神往可見一斑。

到了二〇一一年出版《遺事八帖》大散文系列，他放手將詩大規模融入，是一次精采的演示。單篇散文乍讀不脫離既往的抒情風，可是全書一氣呵成讀完，卻讓人「記得剛，忘了柔」，他在溫柔中全面散發剛烈個性，無寧是最能代表他充滿理想性格與反骨色彩的一本散文。三十幾年來，詩像化學一樣從本質改變了林文義，詩提供給他的不是感風吟月，而是思維、生命節奏，以及前衛叛逆的品質。

詩意一直是林文義散文的特色，雖然直到五十三歲，才又提筆寫詩，但他不是新手。早年（1997）也曾「嘗試」寫詩，由探索文化出版詩集《玫瑰十四行》，完美主義的他自覺寫不好，可能那時他已是「媒體人」了，很難以更純粹的心境寫詩吧。於是，詩一停筆就是八年，不過，他只是將詩心安頓在散文甚至轉到小說罷了。

詩在林文義早年的作品中穿針引線，終於在二〇〇七年繡出一本讓自己喜愛的詩集——《旅人與戀人》，這是一本幸福之書，林文義說：

「所有的文字說的都是愛」、詩人羅智成則形容是一本「美好生活的朝聖之旅」。但是，林文義並不耽於幸福，《旅人與戀人》之後，他寫了兩本散文，但真正大轉變是二〇一一年他寫出史詩般的《遺事八帖》，用這本散文鏈結二〇一三年這本《顏色的抵抗》詩集，這兩部作品在此第四階段翻轉了林文義溫柔的底蘊，投射出剛烈脾性，見他結結實實由小愛進入大愛，我們被他的努力突破說服了。

III

二〇〇五年之後，林文義進入「詩與真愛」的創作第四階段，回過頭來完成他的「詩人之夢」，下筆，就以情詩入手，曾郁雯是喚醒他純粹詩魂的推手，他寫情詩給她，遙憶多年前攜手京都的櫻花小徑，充滿畫面——

冷慄排除在小傘之外
傘內，未訪的緋櫻早盛開
清冷纖手伸來
置入我厚衣口袋
靜靜散步，子夜錦小路……

曾郁雯更喜愛的是山茶花，山茶花作風向來不是一瓣一瓣飄落，而是美夠了，就整朵掉落，彷彿她深愛的那句取自《資治通鑑》的名言：「事至無悔而止矣。」林文義深情地寫下〈彷彿一朵山茶〉：「……大約是千年前唐代／金箔屏風手繪的紅／豐腴雪膚女子浴後／慵倦微汗底香味飄過晚風」，可是，他並不耽溺於古典抒情的感官描摹，隨後提升山茶與愛的境界進入〈純淨〉一詩，成為對文學的隱喻：「動亂過後，只見文學還在／不渝的尋找純淨／彷彿乍見戀人耳畔山茶花之紅」。

他的愛，從《旅人與戀人》進入《顏色的抵抗》這本新詩集，亦即，由戀人之小愛而邁向對人民與土地之愛。因著大愛，他對不公不義氣憤難平，他對文學的無能為力感到沮喪質疑，他對「真情實意」信念一度動搖，「原來，革命時代已然湮遠／真情實意僅是文學想像——」他大聲吶喊：「請以真實說服我！」

於是，我們在《顏色的抵抗》彷佛第一次遇見生氣的林文義。因為太愛，所以叛逆。他的摯友、小說家郭松棻生前曾說：「天生的作家是無政府主義者。」林文義也曾引用俄國作家索忍尼辛的名言：「作家，就是自我的政府。」創作應該與福爾摩沙島一樣追尋自由與自主，自成一豐饒的國度，他「揣想歷史當年：如若日本不發動太平洋戰爭，不侵略中國，而今的臺灣是如何的定位？是如同沖繩的邊陲化或已獨立自主的國家？臺灣人又是具備怎樣地一種性格與質感？」要進一步解讀《顏色的抵抗》的舉重若輕，或許可與《遺事八帖》合賞。

這部新詩集有不少詩篇，以更寬闊的視界，隱喻、指涉、關懷臺灣家園的政經、社會與人文。他有意無意地運用許多深具革命色彩的典型人物入詩，包括〈顏色的抵抗〉藉緬甸的翁山蘇姬，諷喻臺灣政治。〈薩依德紀念〉提及「愛德華薩依德絕非夢幻騎士／流亡是他永遠的名字」，他相信「十字軍的天羅地網中間／這人優雅地拈支紅玫瑰／就輕盈穿越鐵蒺藜……」〈雙身〉提到切．格瓦拉，並緬懷昔日參與反對運動的時光。

儘管林文義最終回歸到文學隊伍，卻繼續以文學抵抗！〈請以真實說服我〉是一首極為沉痛之作，林文義景仰詩人、畫家施明正，曾在不同的創作類型中反覆追懷。施明正是施明德的兄長，他受施明德影響，曾遭受以叛亂罪判刑五年，其後又因為聲援施明德的絕食行動，自行默默絕食四個多月，導致肺衰竭死亡。臺灣民主先輩的苦難，林文義自然感同身受，他也曾為盧修一寫下〈遲到的詩〉且追憶二二八始末——他說，前蘇聯有古拉格群島，臺灣有火燒島，冰雪與熱火交熾，然而，受苦的文學心靈卻若遠天星光，永不熄滅，像是：「一群勇敢的臺灣鮭魚／奮力追尋歷史的答案與尊嚴」。

批判力道十足的詩作，如〈公審〉講到名嘴，〈解剖宴〉提及像他這樣一位「不合時宜」的夢幻騎士，「切下一刀流出的血竟是自己／被切開的出賣以及焦慮今晚／歸去如何安睡……」難道孤獨就是作家的本質？

〈凱達格蘭〉追溯身世，痛心於掌權者的貪腐，《遺事八帖》中有這樣深刻的散文記述，正可以用來注記此詩。「凱達格蘭族伐木造舟，捕魚、獵鹿，怕已有千年；如若我是後人，眸色以及髮膚何如辨識？或許如書寫一首詩般之移情，在深眠夜夢，重逢原初的血緣。」「昔時高舉『革命』理想信念之人，掌握權柄之後，竟是蛻真還假，遂行伺機劫掠之惡，猶若《聖經》首卷之〈創世紀〉中，引誘亞當、夏娃犯罪的蛇。」於是，他寫下：

他們傳說我的血脈緣自
被忘卻百年的凱達格蘭
究竟是虛構還是真實？
他們又說：榮耀之路以此命名

這樣的謠言令我憂傷
貪腐之人汙辱祖先的純淨
紅衣、綠旗、藍拖鞋……
祖靈遺骨被踩碎多少回？

他憂心臺灣失去一個時代的美德，小丑跳樑，政治如馬戲，「曾經謙恭卑微／溫暖相惜的土地及人民」的美德安在？他引三島由紀夫作品〈憂國〉，寫下〈美德的動搖〉：「憂心的作家切腹／僅留下訕笑如風吹落／寫著『美德』二字之殘稿」。

林文義，透過詩反覆自省、淘洗，了解在現世可能「沒有理想國度，不會有烏托邦，只有在文學書寫過程中，始能編織一方淨土。」他的結論是：「文學永遠比政治更為先知。」

他朗讀著施明正的〈候鳥〉：「我們駕著和風，化成浪花，／在綠島的藍空翻騰／我們長著讓人妒羨的翅膀／我們不必護照，我們隨時越騰人造的國境……」詩人通常也是革命家，革命家總是對自由自在的飛翔充滿神往。這次林文義載著真愛飛翔，俯瞰這座島，在心中翻轉思辯，並非要飛向一己之幸福，而是以詩去抵抗不公不義。

目次

II 石灣藍

Ⅲ給：郁雯

V 浮夢紀

I　美德的動搖

SAMOS

口袋最深處的沉甸
琺瑯燒出希臘之藍
犬狀的嗷然防衛姿態
鑰匙環上靜止的島

彷彿剛過四十歲
耶誕夜微寒的黃昏
愛琴海東岸最後
一抹銀亮之水色如魅

只是路過的旅人
傾聽潮音以及沉默
那時仍不諳寫詩
等候末班船夜渡邊境

禮品店白髮老者抽著煙斗
從首都退休返鄉的教授
笑談特洛伊以及奧德賽
我答以這冬天星光好美

或者這邊境之島只有
閒散的羊群也許
夏季開滿番紅花

可惜我卻在嚴冬前來

渡海就是伊斯蘭之地
我夢寐傾往的土耳其
百年前鄂圖曼後宮女子
是否今日還覆著夢的面紗？

焦糖菸氣猶若節慶
老教授的煙斗是歷史無語
曾經記載著海戰以及
種族屠殺，還有，愛

東正教派黑色鑲金聖像

於我僅是無意的一方風景
買枚印著SAMOS的鑰匙環
如同穿越邊境的海關戳印

像愛琴海底沉船的銀幣
深埋千年暖暖含光
靜雅和憂鬱的一九九四
旅人在SAMOS選擇：遺忘

附記：SAMOS乃希臘最靠近土耳其的邊境小島。

20080318 自由副刊

詩集

深藍。詩集的外衣
一生傾往之海
猶若靈魂眺看
夢終於完成

所有文字說的是愛
遠遊的飄鳥
安心返回溫美的森林
濕濡羽翼有花葉香息

陌生的詩曾經遠如
海域與雲之距離
隔著窗若有似無
探看一種冷以及不確定

原來是以美麗抵抗
如同新幾內亞叢林深處
紅寶、翡翠之羽的鳥群
兀自鳴唱不予人聽

只有詩才能真實尋得
靈魂深處的動與靜
所以用心詩

剝開自我如鏡的純淨

浪漫不祇於年少
也許延綿永遠的想像
相信有人等在那裡
像一首詩誕生

猶若貝德麗采之於但丁
五百年前佛羅倫斯
動亂後終於拿起筆
才知詩比經典虔誠

200712 創世紀詩雜誌

顏色的抵抗

紅色袈裟飄起……
穿過不是雲的茫白
蓮花一朵又一朵
潮湧憤怒不流淚

沒有秋季的城卻悲涼
綠衣軍人痛擊紅衣僧侶
催淚瓦斯是心虛的迷霧
金色寺院裡的佛暗泣

多年前翁山蘇姬從英國回來
諾貝爾和平獎失去意義
軟禁是祖國的回答
清癯女子堅強而美麗

你看公主婚宴如此華麗
只有人民貧弱無語
紅寶石為傲的白象之土
壓迫和鮮血是人民的名字

仰光。獨裁者給你黑暗
名不符實的首都動亂
猶若我置身的島國
人民在混沌歷史中迷路

綠色統治，聖火接力
虛矯孔雀，國王新衣
藍色在野，只剩口水
愚昧龜行，不知所措

不需坦克車不用催淚彈
無能的憂鬱讓人民自囚
一閃而逝的紅色只是
螢火般之茶餘悵然……

20071216 聯合副刊
20071228 美國世界日報

雙身

我們，決定逆向
背叛體制指令及引領
偽善還有笑裡藏刀

像鼠類試探貓
剃刀小心滑過氣球
想像皂沫是一層鮮奶油

我們，決定站出來

明亮地行進在陽光下
人們訕笑的「理想主義」
我們以耽美印證孤獨

不是沒有考慮現實
諸如：教職、文學、妻兒……
異議應該不會上斷頭臺

萬里之外，作家被暗殺
我們譴責卻冷汗涔涔
雖說革命，還是要察言觀色

切．格瓦拉日記擱在桌邊

別忘了泡盃熱咖啡
小布爾喬亞的我依然浪漫
似青春時顧盼大學的女孩

多年後開始學講官話
麥克風前，兩字（暫緩）兩字
回家，妻兒笑我：鸚鵡學舌

威嚴之必要
應對之必要
一點點矯情與尊貴之必要……

怎麼偶爾還會想起詩？

猶若陌生的學術論文
漸行漸遠的友伴，稀微

稀微在心，似乎虛偽
昔時友伴還在街頭
吶喊、抗議：不可以！

不可以。暗夜對我說
權勢也說不可以，失去
雖然那人依然如許陌生

我們曾經炙熱的革命
烈愛般虔誠的堅信

晚風悄然吹下落葉
像一首未完成的詩……

200712 聯合文學

殘荷

枯萎之葉如同潑墨
公園裡一潭死水
寂靜的風吹過
人與景，無聲

翻尋垃圾桶
充飢的小希望
連貓和狗都不屑
接近的，秋冷

所有衣物穿裹在身
一生怎如此蒼涼
提袋裡的塑膠杯飛走了
保麗龍碗，僅有的收藏

不想追回，人生已累
夕照殘荷猶若映照
不思記憶的從前
意志宣告一切停歇

放棄所有預期與願望
最後的美麗留予
來年夏季再綻之荷

枯與榮是螢火一瞬
他們悲憫又嫌惡
我是人比不上狗
狗被人深擁於懷
一池殘荷笑看我

秋天靜美適宜沉眠
夢中曾是青春的孩子
殘荷夜來會冷嗎？
今晚我何處夜泊

200802 林家詩刊

遠行

秋涼的時候
朋友不告而別
闔眼前最後眸色
猶若枯葉飄零……

連綿秋雨預告
不曾得知的驚愕
無淚之凝滯
冰冷的心惦念

朋友一個個離開
最決絕的堅執
留下好死賴活的我
寫他們讀不到的詩

二十年前或更遠
夏花怒放的年華
痛飲於怒斥不公不義
之後的沉靜子夜

二十年前……青春純淨
而今朋友不告而別
依然是熟悉的抗爭方式

只是，不再回眸一笑

我看不見您
笑，必然淒楚
曾經熱切之夢
破鏡般已經碎裂

秋雨不歇的子夜
您如落葉靜靜飄遠
彷彿無語的迷霧
孤獨去旅行

200802 林家詩刊

花嫁

新娘為新郎唱歌
彩蝶般舞踊
堅信一定要幸福

舞臺下的我靜思
新娘真的是：女兒
歲月果然悄默無聲

滄桑的父親啊

你給女兒何是涵養
文學的父親啊
碎夢因女兒花嫁圓滿

三十年前相彷的深秋
雨後濕潤的楓樹下
年輕父親撐傘
懷抱八月大的嬰孩

告訴女兒關於葉落
秋天的種種傳說以及
單純祈盼好好長大

比女兒新婚更年少

其實心還是孩子
相信未來是更美麗的
幸福等候在遠方

三十年後依然深秋
披著嫁衣的女兒
以歌聲宣示：一定要幸福

幸福是彩蝶閃熠
父親卻期許是月暈
曖曖含光的明暗
人生還正遙長……

20071127 中華副刊

錦秋四題

1.

深秋之色：紅與黃
綠乃寧謐襯景
莫非是眷戀不捨
旅人的去春回眸

楓若霞，金黃銀杏
葉片可寫俳句

松尾芭蕉行過
不朽的奧之細道

總念及春櫻四月
尋訪花信卻遲開
瓣葉羞怯含苞
猶若戀人等待多時

於是深秋相互允諾
年華般紅熟的心思
我們以葉片印證
花開葉落靜好無聲

2.

三十年後京都重逢
記憶仍是小白馬奔過
你研修日本古典文學
二十年醫師之後想些什麼

從木屋町行至高瀨川
垂柳月色應喝上一盃
半生未竟的酒
就是大稻埕青春紀念

相互點菸微笑對看

你說我文學至今
依然是浪漫之人
我笑你從醫更須冷靜

鴨川子夜散步先斗町
藝伎天鵝般頸線極美
三味弦古老的吟唱
你還要趁酒意獨回大阪

3.

詠歎調時低時吭
咖啡香醇的倒影

木窗外一樹霞火
老婦牽著秋田狗穿過

描寫以詩或是散文
也許靜坐就好

幾冊琴譜依偎取暖
不關悠揚的聲樂迴蕩
趁熱喝完咖啡
雲，緩緩漫過來……

4.

佛像，不說話

沉默，靜靜看花
無我？

表參道旁的地藏菩薩
低首垂眉思索
（地獄不空，誓不成佛！）
輪迴千年的母親呢？

苔石以及枯山水靜著
任俗人探看風雅

三十三間堂擁擠
觀光客及數不清的佛像

佇立千年是否腳瘆了？

只有金閣寺的鳳凰
浴火成了小說想像
三島切腹的短刀血跡
抵不過金箔俗麗

月雲輕攏子夜五重塔
所有秋葉入眠了
我乃魚般浸泡溫泉……

20080102 自由副刊

書店有河

詩人抱貓走入
無月之河就有星光
咖啡特別香醇

詩人窗玻璃題字
依偎的書們互看
溫柔的文學微喘

窗外露臺像地中海之岸

季節書寫相異的詩
河口波浪如戀人遙喚

詩人帶著孩子走入
眠意猶若夜霧
談完詩就要回家

攤開詩集扉頁
畫一隻貓比寫一句話
詩就更傳神了

書店主人笑而不語
僅以布拉姆斯音樂替書們回答歡喜

二樓書店窗外有河
世俗喧譁留予階下
炸蝦串冰淇淋以及
百分之九十不讀文學的人

意志堅執只因河太美
自然向晚來訪最好
詩靜靜挪近如同
書店之貓無聲走來

200804 幼獅文藝

新北投車站

支線鐵道盡頭
竟被一叢百合阻路
舉目是日本時代老車站
鐵道員打著哈欠

小說描寫童年
阿媽手袋裡的鹹光餅
白開水還有
眸中心事（註）

溫泉定義：新北投
黑瓦與檜木
構築童年鄉愁

歌手就彈奏老月琴
唱起：再會啊北投
滄桑遙念臺灣尾的陳達
與老車站一樣傷逝很多年

陳達與老月琴不在
老車站留在民俗村
廢墟般呼喊鄉愁

被一塊錢出賣身世
觀光客狎玩歷史
如北投陪浴的風月女侍

歌手窗外的山櫻花
濕冷的雨叫不回春天
僅能以淚溫柔低吟

秋過新北投捷運站
唉，老車站
何時可以回家？

註：作者小說〈北風之南〉一景。
臺北市北投區居民多年爭取老車站遷回（現存彰化臺灣民俗村），歌者陳明章日前以演唱會喚起各界關注。

20080210 聯合副刊

美德的動搖

這是無法向任何人
顯示功勳的寂寞戰場
靈魂的最前線

寂寞，這一代的幽微
猶若一根香菸時間
長與短皆無所謂

——三島由紀夫〈憂國〉

有人忽然提及美德
萬古長夜般之梵音
聞者皆答：不可思議

只有怒顏惡語佔領著
曾經謙恭卑微
溫暖相惜的土地及人民

知識分子扮演小丑
學習四川變臉逢迎
政治馬戲班的群眾

主子號令，狗們猙獰

學院派涵養比不上
一根隨意丟來的骨頭

請別再提起：美德
這一代只存叢林法則
不是你死就是我活

寂寞之心由於柔軟
孤獨意志終究喚不回
動搖的虛妄與粗鄙

所以憂心的作家切腹

僅留下訕笑如風吹落
寫著「美德」二字之殘稿

200901 聯合文學

燕鷗對看

小小的島我正想念
這是炙烈之夏
岩石怒放紅花
交通船海藍一葉

花蛤節等待旅人
相信島是一首詩
或者妳回眸而笑
海潮就恣意放歌

不再是昔時戰地
砲宣彈成為傳奇
岸邊的軌條砦曾經
暗示禁制與不幸

猶若旅人來此探看
關於燕鷗從北方飛來
映照少年軍人鄉愁
冬冷就以黃魚下酒

燈塔靜默百年
向晚就用力睜開眼睛
夢的回憶是海盜或者

戀人含淚看星

燕鷗乃是島與島
最絕美之高音
呼喚潮線下的魚群
問候北方飛來的羽翼

交通船島與島航行
旅人之眸儘是海色
也許回家後寫詩
小小的島我正想念

20080123 中華副刊

早櫻

乍見在不經意回眸
冬暖晴美的悄靜
這山偶有藍鵲飛過
想是早諳花訊

緩行非著意尋索
見樹逢獸不心驚
或遙見岩間絲瀧
水晶流影般潔淨

猛然一排布招迎來
莫非茶飲野店
競選旗幟的粗暴
折損淨心的遁逃

虛矯頭像：惠賜一票
掠奪自然的悄靜
就賜他一票下地獄去吧

地獄之火留予政客
早綻櫻紅入我眸中
千萬句謊言不如一朵花
花美人惡的亂世年華……

莫非櫻花早開如同
我山間暫且遁走
不予花訊兀自開與落
像詩之形成無聲悄默

20080315 中華副刊

地圖辨識

大航海時代
波濤絲帛般輕柔
銀亮魚群挪近
保持安全等距的窺探
堅信島是一尾鯨魚

先民唐山渡海
渦漩暴烈奪命
抵方壺越黑水

古云十人渡臺七人滅
悲歌說島是一片蕉葉

少年夢遺之痕
被單的恥辱……
成人的惶惑……
彷彿依稀情欲
像一張老地圖暈開

葡萄牙人喊一聲：Ila Formosa！
四百年來島民追隨
牙牙學語複誦再三
自己鄉土他人命名

宿命認同崇尚舶來品

舶來品最好
孺慕異文化來者不拒
傳教士及冒險家皆是
詮釋歷史的救贖
上帝的光，島民的呆滯

西班牙老地圖怎像
少年夢遺之痕
暈開的羞恥朦朧泛黃
彷彿經緯及航路
初諳女體的陌生……

燈下細閱老地圖
似鯨若蕉葉
詩人說島是番薯
悲痛形容豬狗踐踏
被殖民者的百年孤寂

「番薯不驚落土爛
只求枝葉代代湠」

先賢名言勉之堅定
詩就不必自怨自憐
地圖幅員勇健以名
無人能否決我們自信

最怕嘴喊愛沒真心

千年風雨島仍挺立
美麗而艱難的母親祈願：
鯨魚航行四洋
蕉葉蔭護子孫
番薯悲情不再

重繪我們的新地圖
少年夢遺還予從前
恥辱與虛妄留給昨日
昂首以涵容及壯闊
臺灣，永恆的家園

200804 笠詩刊

夜醒者

凌晨三時倦眸闔上
不眠四十年
醒著與文學歡愛
不必威而剛

文學猶若永恆戀人
少女的青春
澀果因之紅熟
是我讓她成為婦人

她的蜜穴是綠格稿紙
我以筆觸替代陽物
夜夜讓文字叫床
情慾呈露愛的真心

前世應是蝙蝠
夜醒的不眠窺探
未寐之夢藉飛行薄膜
穿越美學的冥想邊境

貓頭鷹木雕睨我
肯亞面具抿著厚脣
水晶球凝固冰雪

銅塑犢牛沉睡……

被美神詛咒未眠的
夜醒者宿命
懲以筆與紙天刑
性般極樂又悲哀的
幽微的自我手淫

20080603 聯合副刊

II 石灣藍

致：沈臨彬

詩裡的黑髮男子
從梧桐樹暗影走來
灰白的凝滯
我無語的彎身拾起
一片失血之葉

詩裡的浮蘭德
遙想美麗的方壺之海
東北季風呼號冬寒

你的年少宛如夢中
青春烈愛綣繾狂潮

詩裡的秋牡丹
溫柔與暴烈
美德及背叛
我半生思索關於
你獨特的黑夜顏色

短暫禁制的高牆外
秋天飄落楓葉的小街
熟稔的靜謐與甜美
只有收藏的手記內頁

誠實你遙念的深海

生命幻聽或者壓迫
莫非自許是唐吉訶德
妄想對抗巨人般的風車
悲壯而艱難的孤獨
戳印在四十年前的封面

我們在梧桐樹蔭坐下
秋午陽光麥色的暖
濕熱湧浮我的眸間
凝視你終至無言……
黑髮男子 一夜灰白了

200806 創世紀詩雜誌

請以真實說服我

多年前，副刊編輯室
樓下書店咖啡屋
在秀異詩人引領下
出版商帶著小說稿及作者抵達
忽而談及，我參予的黨外活動
訕然坦言——我叔叔就是「黨外」
家族視之為：叛逆分子
他，都不敢接觸
因為詩人緣故，我勉強

接下了不及格的文稿

多年後，大選政見臺
我面對電視轉播與他重逢
握著主持麥克風溫文微笑
那人終於當選了……
他亦出版那人的五百天
也出了公認很難銷售的詩集——
原本相信，他仍有「理想」
原來，詩集作者乃是新朝權貴

多年前，南方旅居之夜
強悍的你，終於流下眼淚

說起十七歲幽幽初戀
我不忍地輕撫你哀傷之髮
都過去了，都過去了
你說：視大人而藐之！
你說：我們是永遠的在野
我們一起為革命哭泣
多麼美麗，屬於我們的青春！

多年後，聚餐的秋夜
你傲然展示菜單
那人的親筆簽名墨跡猶新
一時，我的凍頂烏龍苦了
總記得你引為生命許諾之語

視大人而藐之！
悲涼茫然：
今夕何夕？
芳草蕭艾，烏鴉蛻為喜鵲
難以辨識的陌生羽色

多年前，初飲伏特加
詩人畫家以酒代水，莊嚴宣稱
弟弟是名：奉獻者
禁錮於十八海里外離島
淚盈深眸後，他遂啞言了
胸前純金十字猶若於
救贖以及告解

人生難落言詮的悲涼

此刻，夜讀遺作
回想詩人弟弟，那
曾經寂寞的奉獻者
闃暗與黎明的交壞地帶
驕恣孔雀日夜開屏
詩人留予他弟弟的光環
猶若我感念當年自焚的故人
原來，革命時代已然湮遠
真情實意僅是文學想像——
絕食而死的詩人，孤獨之星

子夜未眠，愚痴如我
僅想留下一句天問：
請以真實說服我！
請以真實說服我！

20080326 中時人間副刊

編選——《九十六年散文選》抒感

碘酒替代蔻丹
嫩蔥般纖柔
十五歲少女指頭
音符跳躍的組合
提早滄桑的歌

記憶一直難忘
湮遠的一九九四

土耳其的冬寒
伊斯蘭地毯廠女工

半百後逐老的指頭
微顫以及遲鈍
近視老花散光
三合一懲罰雙眸
誓以意志編織三百六十五天

僅是蹣跚尋索
老園丁並非靈巧織工
所以伊斯蘭絕美的
細密畫地毯我將無能

完成捨絲棉就文字
文學花園的構築

每一朵花自信美麗
輕緩且強悍的
詠唱相異的歌謠
飄越小島與大海
冬雪的異鄉都聽得見

那年叫「孔雅」的遠方
編織地毯的少女們

十指擦著碘酒
勞苦讓青春易於割傷

20080413 中華副刊

公審

歷史紀載一堵
彈痕斑剝的石牆
黃卡其軍服的行刑隊
若無其事的洗手談笑
抽根菸將血跡忘卻
靜靜等候下一批
叛亂犯

叛亂犯……

兄弟們為我命名
影棚照明燈乍亮猶若
嘉年華會盛典幕啟
決定以攝影機處決我
伏法則以衛星轉播

轉播羅織與指控
特別聲明不是肥皂劇
他們公審一位作家
虛構小説荒謬情節
羞辱我給主子觀看
喜不自勝的表功討賞
凜然宣稱：大義滅親！

大義滅親！
摯愛的兄弟們咆哮
我苦笑的步向刑場
不必費神上膛、舉槍
我溫熱之心早被射殺
凝肅忍痛的坦承
罪名：說——真——話

20080826 自由副刊

石灣藍

未上釉的陶
最初的赤裸
第一道窯火
土呼喊：痛

痛如
斷難還原彼時
虛與實何為真
此刻美化或汙名

石灣陶特質
慣於憂鬱用色
如我收藏李白
微醺側臥
對影三人
衣褸落拓的深藍

第二次上釉
窯火一千度
怕暖不了孤冷的
詩人流放之心

李白的唐朝

墜水撈月的錯覺
遺詩流傳千年
悲涼還予自我

春夜孤燈下
我伴李白喝酒
詩人白髮三千丈
與爾同銷萬古愁
只想醉問您：
深藍衣褸何以
那樣的，憂鬱……

20080515 中華副刊

看海

心靜，所以看海
大島岸邊潮水太濁
喧譁猶若謠言陰寒
冷箭匕首以及石頭

心靜，所以看海
小島離家百里之遙
綠蠵龜默默產卵還有
潮間帶優游著孔雀藍

心靜，所以看海
塵俗應對學習肅然
人們說這是普世價值
凜冽決絕不許柔軟

心靜，所以看海
多像童年逃學的忐忑
買張跨海機票在沉鬱時
僅盼歸零片晌的，自由

心靜，所以看海
股價、併購、董事會、應酬以及
厭倦的阿諛、諂媚、虛華

都走開吧，澎湖的海多美
心靜，所以看海
這是最後一次了　已經
疲倦得不想回家
終於，走入水中……

20080714 中時人間副刊

特洛伊

軍隊逐戶搜索逼以利劍
驚醒的嬰兒嚎哭，母親尖叫
油燈顫慄在灰牆的亂影
野獸們呼喊：詩人何在？

奧德賽離開的子夜
羊皮紙遺落在未喝完的
酒瓶左側留下一串葡萄
渾圓若海倫皇后的項鍊

愛琴海退到五公里之外
猶如歷史竟一走三千年
蓄意湮滅就言之：神話
一箭就射穿勇士腳後跟

哲學家誓言趕走詩人
心虛於「理想國」本就是荒謬
初敗時拆船奉送一匹木馬
僅有逃遁的詩人說出真話

孩童以銀鈴般笑聲重演屠城
從木馬的腹部向外扮鬼臉
旅人在幾塊石頭之間尋思

咦？奧德賽究竟躲在哪裡去了

時間斑剝，風化後的廢墟
旅人還是尋不著詩人的羊皮紙
午後的光靜柔得猶若舞臺散戲
再也沒有任何一場演出了

愛琴海怒吼那年諸神都裝睡
希臘人只為了索回一個私奔的女人
藏於木馬伺機而動如在母親子宮
三千年後依然被天真的孩童嘲笑著

20081210 自由副刊

彷彿一朵山茶

彷彿一朵山茶
大約是千年前唐代
金箔屏風手繪的紅
豐腴雪膚女子浴後
慵倦微汗底香味飄過晚風

一闋豔色華麗的絕句
墨分五色如何竟筆

長牆內椿花悄落
白淨宣紙之紋理晃動
怎是暗影間明月來窺探

有人趁夜策馬離城
蹄音寂寂，孤燈回眸
邊城抵達盡見大漠荒蕪
誰說飛將軍只能征戰
不能把酒吟詩？

牧羊女。一雙藍眼睛
微笑的長辮心動戍邊人
唉，怕一生都不曾看過海

就聽姑娘的馬頭琴
大漠天空是海的顏色

令牌通行人員和牲口
祈願烽火臺永不甦醒
靜看擬想故鄉的青青柳色
戍邊人啊喝一盃思念的酒
出塞曲一遍一遍唱不休

千年之前的旅夢
厚重的唐詩倦讀後當枕
沉沉睡去相伴醉意

遙想邊城營房那盞紅燈籠
彷佛一朵山茶……

20080917 中華副刊

秋季荒野

妳是流向沙漠去的
一曲源自我心中的絕望
彼以莎　涸竭是難免的
但　必須到達

你告別的方式已是三個月以後
十六開本雜誌尺寸與訃聞等同

——季野

體恤朋友怕炎夏汗流浹背？
所以你選擇涼秋淚淌如早霜

多年不見是否回去過雲南？
僅記憶為我吟詩時為一九七五
深秋板橋積穗的上尉輔導長手持
《創世紀》，水色抒情的〈緣溪行〉

離開詩後竟浸潤於紅水烏龍
執壺品茗依然肅顏如山不動
那造作喧譁的精明一街不像你
猶若專研茶藝卻忽而不詩的陌生

不談詩，請喝茶。你說
夫人在收銀臺後面拋來會意的微笑
依然是十多年前月芽般的皎美
我決定回家尋出你我的合集揣臆

鄉愁總是因為父親而苦
原籍安徽無為的你怎是「滇生」？
楊梅眷村白髮慈祥的季媽媽
為青春的我煮了桂花湯圓

漸老之年搭船，東引到南竿
波濤凝看你詩中的永留嶼

忽而念及軍旅時與詩人初遇
那年秋季的積穗還是一片荒野……

200812 創世紀詩雜誌

漢堡店評文學

秋陽灼身只好慌忙閃入
百元有找的漢堡店
冷氣比冰咖啡更舒爽
厚重的文學獎稿件
土石流般沉甸撞擊我
沉鬱終年與之對抗的腦袋

期盼是如歌的行板
卻予我遲鈍拙劣的現實

渴求驚喜於逢花遇獸
幾乎文字還我以廢墟朽木
思忖是否調降高標準
蔓草荒徑尋得幾朵好花

狠狠啃咬漢堡味如嚼蠟
吮吸一口冰咖啡才驚覺
滲入的奶精是否產於中國？
來自兩岸三地文字的賽局
比口中的食物還要缺乏
想像力，劣質多如毒奶粉
文學獎是另一種樂透彩

初、複審上去決審下來
揣想敲動鍵盤的競逐者
文字幻化為六個數字
賓果！誰是揭曉時的幸運兒
哎喲！評審的我竟咬到舌頭……

20081014 中華副刊

凱達格蘭

在時間軸無聲翻轉過
一閃而逝的微光
猶若小隕石焚燃穿越
來不及呼痛的大氣層

因此這族群早被稀釋
只有河口瞬然晚霞
迴照百年前女巫以及
硫礦煙霧還有殘埋的貝塚

那就遙想拂曉時分
鬼魅的祖先划著獨木舟
裝載鹿皮、甜薯上溯
舟前火把映紅漢子的黥面

他們傳說我的血脈緣自
被忘卻百年的凱達格蘭
究竟是虛構還是真實？
他們又說：榮耀之路以此命名

這樣的謠言令我憂傷
貪腐之人汙辱祖先的純淨
紅衣、綠旗、藍拖鞋……

祖靈遺骨被踩碎多少回？

所有的惡言以及拳頭
凱達格蘭女巫是否早已預知
篝火旁靜靜用鳥爪獸齒占卜
百年前河口晚霞長嘆一聲

沒有答案的迷惑之島
留予百年孤寂的子民
猶若遠遁汙河不再的香魚群
必然遙念祖靈原初之潔淨

20081102 聯合副刊

模擬飛行

凝滯。尋覓關於，詩
燈畔自己影子嘲笑自己
燙熱綠茶何時冷了？
殘兵敗將的文字死在稿紙
休戰的低音號殘喘……

關於尋覓詩，竟凝滯
詩，自己會來尋你
另一位詩人殷勤相告

冷去的綠茶有鏽蝕之味
猶若忘記卻又憶起的遺事

決定任性棄筆把玩
稿紙左側一列靜止的模型飛機
實體比例縮小五百分之一
我的掌心就是停機坪
蝶般展翅卻飛不出去

像此刻坐困尋詩
飛不出去，飛不出去
模型說話了——給我自由！
抗議音爆來自波音七四七

我回答：你只是一架模型玩具
給我自由！給我自由！
所有模型飛機同時發動引擎
跨越筆與稿紙穿過窗的縫隙
一列十字形候鳥般曳空而去
你逃亡成功，那我的詩呢……

20090224 自由副刊

III 給：郁雯

昭和之顏

川端康成的古都
石塀小路轉角餐館
留著故人遺墨
料理原味如小說場景

古老圓笠下的想像
如花綻放容顏
昭和時代女子
顯影若物語的從前

應是松尾芭蕉風格
關於奧之細道
秋夜微雨的俳句
和服女子青春緩行

笠下美麗容顏
溫婉如四月櫻開
回眸顧盼花已落
遺留在歲月的底片裡

戀人微笑在深秋
滿山紅葉就是印證
一首詩般的旅次

櫻花是美麗的傷逝
靜靜回來舊地尋覓
昔時情定的堅貞以及
笠下那抹永恆笑意

妳乃昭和時代的花魂
莫非就是我摯愛的戀人
寫在紅葉上絕美的俳句

200803 創世紀詩雜誌

純淨

乾涸的墨水瓶洗淨
插上一朵山茶花
彷彿戀人長髮繾綣
耳畔紅雲乍現

鋼筆卻暗自低泣
普魯士藍不來
如何為摯愛寫詩？

妳是文學最美麗的想像
雨後之虹，子夜之星
我以書寫賦以命名
詩的名字叫做：純淨

只有絕美之心得以傾聽
猶若墨水與鋼筆依偎
文學眷愛因此成型

純淨就是一朵山茶花
靜謐的私語以及
只有詩能夠宣示的
某種靈犀於心的符碼

我倆以閱讀及書寫
學習純淨並且探問
關於山茶花的季節
終究是文學底事

乾涸的墨水瓶曾經
跋涉過一冊詩集的流程
它的美麗不止於養花
請問低泣的鋼筆足以印證

誓以古老的手寫只為淨心
純然與堅執相信
最初的許諾還以最後的純淨

動亂過後，只見文學還在
不渝的尋找純淨
彷彿乍見戀人耳畔山茶花之紅

妳是文學最美麗的想像
雨後之虹，子夜之星
我以書寫賦以命名
詩的名字叫做：純淨

200803 聯合文學

靜靜生活

靜靜，的心
傾往純粹
猶若花葉
等待露水

靜靜，的脣
逐漸噤聲
願以笑意

靜看自身

靜靜，的手
緩慢書寫
筆若明鏡
字不沾塵

靜靜，的愛
幸福相信
有一個人
靈犀知心

靜靜，的夢

妳進來吧
我深擁著
冬夜好冷

靜靜，的歌
妳寫的詞
我輕輕唱
人生苦短

靜靜，的活
幽然思念
最初之淨

最後之美

靜靜的，靜靜

20080219 中華副刊

墨水瓶養花

墨色深藍
復古式鋼筆
汲水緩慢
歲月幽然

寫盡墨水兩瓶
成詩一百首
幾本手記以及
思念的書信

稿紙如荒漠
字句是天星
墨暈為夜空
我乃獨行人

不捨的洗淨
殘餘數滴藍
淚珠般告別
以詩留住

清透之瓶
映我初心
如鏡倒影

遠去的青春

可否養花
小巧的墨水瓶
插朵緋紅山茶
戀人的笑靨

置於夜雨窗前
墨水瓶養花
我不渝思念
妳聽得見

20080703 中華副刊

航渡

不探淺綠
不測深藍
揣臆妳入夜時的黑
星眸閃熠
深情看我

方位辨識
離岸多遠

是我此刻眺望的思念
舷畔微霧
視景濕濡

給我光吧，以及
戀人底溫柔
黑夜是最美的等候
星如花束
邀愛共舞

月暈泛銀
深海千潯
魚族浮水的嘉年華會

波濤華麗
幽美如歌

銀之純淨
海之深沉
月光綴飾妳長髮綣繾如浪
香氣襲人
醒編織夢

前世尋妳
今生覓我
就託付幸福的航渡

賦以海誓
月下結盟

20080807 中華副刊

胭脂

我從海那邊歸來
夜霧輕漫倦眼回眸
燈影稀微一盞一盞
地上的星閬暗的花朵

知道妳等待逐漸挪近家
為我點起一盞燈在窗前
纖美身姿捲簾背後
輕移小小焦慮的剪影

想妳必在菱花鏡前靜坐
苦思迎我的胭脂脣色
猶如季節心情的瓣葉
緋色春櫻亦可秋時之紅

這是妻子與我的約定
只有戀人深諳的允諾
可寫詩可吟唱可烈愛
胭脂之脣芳郁如美酒

我必在最深的子夜探看
秉以燭光照亮妳殷紅之脣
是醒的現實或睡中之夢

寧可深眠忘卻白日諸般爭論
點上胭脂的妻子挪近
熄去所有的燈火只要
完美的黑暗悄然，降臨
脣瓣是緋是紅皆是，永恆

20090512 自由副刊

冷的華麗

水晶吊燈暈紅一盃酒
窗外冷冽古城石板路
婦人讓黃金獵犬前行
尾隨是她太陽般的髮色
瞅入窗裡的綠眸等待春暖

狹長的湖光被雨雲緊掩
對岸山脈冬雪卻頑抗
天鵝以及鴿群依偎

羨慕我剛盡紅酒一盃而後
好整以暇翻點菜單

午後冷雨不歇莫非晚來欲雪
那就決定帶瓶好酒回去
回到離家九千公里的旅店
輕倚流蘇窗前等待夜來
雪落悄然如妻子笑意溫婉

晨起的教堂鐘聲喚醒初萌的
紫藤也許松果還覆著霜冷
在昨夜微醺後的夢中
細碎白花以及流過邊境

萊茵河女妖的水歌魅惑

忠誠不必鐫刻在家徽或
以碑偈記載歷史榮辱
鷹之矯健蛇的深沉
陌生的華麗我以冷冽探看
妻子說：再尋一瓶好酒就是

20091027 自由副刊

南方

潮汐停止的南方以南
是否支線鐵道抵達？
我青春留序的手記扉頁
似乎還有最初的淚漬

遺忘或者殘餘在夢裡
一綹長髮幽香若有似無
像潮汐與沙灘接壤
濕濡的印記久遠的吻痕

少女陽光如麥色暖烙的
體膚彷彿從海中悄然揚升
鬢髮間一枚稜狀貝殼
妳說：子夜隱約傾聽
關於百年前鯨魚在唱歌
南方以南的潮汐靜止

201104 鹽分地帶文學

月蝕

月蝕的晚上就讓所有燈光
用力再用力的點亮
就像維多利亞港或是東京灣

臨窗愉悅歡愛、喝酒
並且偷偷窺視月亮的陰翳

銀白的光灑遍我倆裸體
古代月桂樹刻著愛的印記

波特萊爾應該邀太宰治喝酒
狂醉相擁去娼館尋歡
也許那夜正是月蝕的時刻
摯愛的Daphne妳剛誕生

201104 鹽分地帶文學

千山一水

羽狀小葉楓是星光
凝固卻流動若雲
初綠五月像情愛矜持
欲語未語的迎迓姿態

只有水中錦鯉一抹橙色
靜謐的畫屏幾疑是
昨夜旅店夢裡看見
小葉楓愛嬌地垂下啜水

千山穿越僅因一池水
映照我的最初和最後
回向妳的青春與曾經

已經唱不完整的歌
從前如何美麗及壯闊
不如在這池畔相對凝眸

20110923 中華副刊

雲靜日月

雲靜謐飄來，歲歲年年
以水為鏡，誰說星宿迢遙

像一雙戀人相伴旅行
兩灣深水以日月為名
如果夜霧朝雲不來
真情就少了允諾的意義

宛在水中央，我倆樓頭俯看

朝雲靜謐，夜霧近水

雲歌唱：夢是窗裡的摯愛
水應和：醒是窗外的回眸
右眼是日，左眼是月
雲是品味，水是氣質

妳的夢回來後還留在旅店
我的愛醒著一直沒有回來

201106 雲朗觀光雜誌
20110923 中華副刊

綠苔攀岩

悄悄地，貓蹄般溫柔
貼近一個暖慰的想像
每朵綠苔都是一個小宇宙

要我如何想起妳？
苔所以綠是想引妳一笑
那般卑微的仰望，渴求
愛的臨幸以及真情之告解

我是妳攀附的岩壁嗎？
我寧願是一朵微小的苔痕
十四行詩般的美麗印記於
岩壁彷彿史前的濕壁畫

上帝看得見卑微的我嗎？
抽象的造物主造了綠苔
上帝是謙虛或者虛妄的存在

201110 笠詩刊

Ⅳ 因為天安門

畫冊

粗礪毛刷拂去輕塵
我有心虛的情怯
彷彿三十年前故人重逢
再次攤開卻已老去

那年冬雪的紐約很冷
Rousseau給我炙熱沙漠
夢深邃在沉睡的琴手
獅子循著月色挪近

我決定攤開緊掩的畫冊
那是初遇的一九七六年春
野戰服少年還不諳寫詩
Rousseau卻已為我朗讀

如今都不願回首青春關於
耽美的愚騃及其一廂情願
譬如曾經允諾相信某種理想
碎裂後終認為不如靜謐的一幅畫

存在比毀滅還要艱難
只有沉睡中的人像人
醒時人比獅子還要粗暴

再美的琴絃叫不回純真
所以畫冊是我的懺悔錄
逐頁翻看過往青春依稀
彷彿久未流淌之淚
沙漠終究難成綠洲……

2009 春季號乾坤詩刊

薩依德紀念

他們構築百里高牆
不許巴勒斯坦人回家

回家的路一生都難抵達
整本回憶錄還是漠漠黃沙
椰棗以及無花果的出生地
離開子宮就學習尋索地方

他方終究非故鄉

曼哈坦島諸多猶太人
朋友抑或敵人之定義決不
存在薩依德流亡的字典裡
比較文學的教授如何比較

伊斯蘭比較西方霸權
這深奧課題爭議千年
如何以浪漫的鋼琴及文學評論
想像穆罕默德與耶穌願意傾聽
猶若端上烤乳豬款待穆斯林
十字架則交給撒旦剔牙齒

格格不入憂傷著薩依德

以「無限正義」之名復辟
十字軍的天羅地網中間
這人優雅地拈支紅玫瑰
就輕盈穿越鐵蒺藜……

病歷表寫著他患白血症
據說併發的惡兆是：無鄉可回
愛德華薩依德絕非夢幻騎士
流亡是他永遠的名字

他們構築百里高牆
不許巴勒斯坦人回家

200901 聯合文學

波濤留言——致 汪啟疆

海軍告別波濤上岸
陸地是否仍思念海？

或者在詩底稻穗豐收的
夜眠仍錯覺自己依然
是泅向極地的獨角鯨
凜冽等候未明的亂流或寧靜

獨角鯨前生是詩人嗎？

父親卻在離海數千里的
內陸大漠為您命名
疆域未啟竟半生汪洋了

衣領別著兩顆星星
夢裡的詩人，權柄的將軍
三十年離家去海上
再鹹澀的波濤因詩而純淨

於是您凝視波濤之眸成藍
海水汗水雨水淚水結晶為鹽
或者細數北斗七星在長年海程
也偷偷寫詩思念妻子……

我們用不同方式愛戀島嶼
您以實質我卻耽於過多想像
浪漫種不出稻穗凝結不了鹽
人魚流淚因此海水那麼苦鹹

上陸多年還去看海嗎？
我在北地揣測南方關於
深秋後軍港波濤的水色
寫詩的將軍，您是永恆的人魚

2009O11O 中華副刊

剪詩

氣溫乍冷的秋深午後攤開
副刊左上角一首十一行詩
灰濛的十一月彷彿紅葉飄落
在我逐日尋常的筆記某頁猶如
一朵紅火燒暖凜冽寒夜

忽而憶及湮遠的故人及其自己
漫行多年異鄉風雪之跋涉
最後詩竟成為救贖或者

倦於旅行寧可蟄居沉思和閱讀
慢慢回到年少時勞作般的執著
剪刀和膠水還有剪貼簿留存
一首精緻的詩不必寫上評語

就像這乍寒的十一月午後默默
剪貼一首詩的驚喜讚歎……

20081203 聯合副刊

音樂劇

我在國家劇院第二場戲睡去
如果上帝知道疲倦是因為
平庸的展演或是這人缺乏
音樂素養更無法原諒必須
譴責是否由於信仰的質疑

上帝終究慈悲的從不露臉
謙虛得猶若藏身舞臺六尺之下
看不見的賣力演奏的百人樂團

催眠般樂譜背面如果空白
還不如拿來寫詩更好

寫詩是小睡的我一廂情願
我必須小聲的向上帝懺悔
華麗的音樂劇紀念書冊印刷著
主角人物我所敬慕的書寫
他們卻進行著一次乏味的造神運動

祢是否也沉沉入睡?上帝
百餘年前年輕宣教師遠從北方來
親炙土地的痛島嶼的迷濛

焚而不毀之應許及其文明的初啟
祢是否感同身受那舞臺上催眠的喃喃自語

就將百年日記平鋪直敘
詞不須押韻曲不必起伏高低
符咒吟唸三小時平庸音樂劇
遙想深秋寒夜主角睡去百年的滬尾
看完劇後是否秉燭去探訪祢？

附記：觀賞音樂劇「黑鬚馬偕」。其演出紀念冊應邀撰寫馬偕生平，惜全劇流於宣教而缺創意，憾而留詩。

200812 鹽分地帶文學

東引

寒冬，黃魚洄游的記憶
岸上僅存堅毅小油菊

回首三十年前詩人藉酒
醺醉後用力寫詩且與鳳頭燕鷗
相看幽然訴説戀人已告別

火成岩萬年堆積的島
最北的國境四面環海

三十年後詩人當時擁抱的
嬰兒抵達最初的島上

小油菊、紅花石蒜依然
野戰服是荒蕪行走的蒼鬱
吟唸詩人曾行過的熟稔
父親百浬外含淚叮嚀：
淚，自我吞嚥
冷，懂得取暖

20090214 中華副刊

因為天安門

徽州古代少年離鄉習商
誓言歸來衣錦榮耀
看不見的苦澀就留予水鄉
黑瓦白牆的庭院深深

徽州現代少年從京城回來
一九八九天安門記憶漸遠
逐漸接近的苦澀轉為甜美
賽金花故居此時命名「歸園」

決意從商十年而寫詩或者
捏陶尋求一種暴雷後安靜
終於走到中年卻已江湖滿地
也許遺忘天安門會更愉快些

就猶若一冊泛黃久矣的油印詩集
字句血與淚皆彷彿眠夢破碎
當年那以肉身阻擋坦克的青年
是否安然還鄉或者一生斷送

歸園，回歸或遠別家園
中國很大可以是海角天涯
流亡的孩子哭泣的母親

回來寫詩的你還熱血奔騰嗎？

雪後的黃山我細細思量且揣臆
蒼松兀岩藍空冬陽靜止一切
再美麗山河詩依然滄桑無語
百年前賽金花再美還是徒然

海峽相隔毋寧心是陌生只有
彼此以詩學習相知疼惜
水鄉黑瓦白牆的歸園一見
如故年華等同的白髮如霜了

附記：紀念詩人白靈率臺灣詩人赴黃山參予「兩岸詩會」時為二〇〇八年十二月。

200903 創世紀詩雜誌

飯島愛

性幻想的夢中情人告別時
泡沫經濟只讓中年男子更憂鬱
曾經寂寞子夜藉之錄影帶交換
赤裸心事彷彿慰安如一次禱告

試圖誠實檢視逐漸消褪的
青春和被損耗之壯志冷冷地
慨然為生活中一口飯拚搏至今
這敗德貪婪的島國竟缺乏

人與人之間的疼惜和，愛

愚騃的男子歲月沙漏早沉底
依然悄靜的子夜偶爾念及青春
那情慾異想的年代有她為伴
想來更是一廂情願的純淨信仰
決絕告別的她竟把夢一起輾碎

20081226 聯合副刊

我，不知道的

藍腹鷴走近，驚豔羽色
中古武士般輕緩凌厲
說不出學名僅自嘆愚蠢的
挫敗猶若酒醒後空茫
絕境般無措寧願再醉一回

文字信徒只求心靈純淨
悄入深山塵埃是否抖盡
鍬形蟲以對決姿勢笑我

敢不敢拔出山刀
一莖芒草就讓你跌倒

我，不知道的不知道
山水千古謎題比吉普賽占卜者
手中的水晶球還要深奧
誤認長卵葉馬銀花是杜鵑
紙與筆之外不諳自然貧乏

你一定知道龜殼花及百步蛇
致命的毒液印刷在生物課本
你更能明白人心比蛇毒上千倍
前頭一盃酒背後一把刀

蛇的毒液比人心還要高尚

怎麼說臺灣黑熊比不上中國貓熊
口說不想看心卻日夜傾往
也許窗外啁啾的五色鳥都不識
只認得千元大鈔黑長尾雉的模樣
算計自己有多少錢在保險箱

寧願來生輪迴為花樹鳥獸
方桿蕨、杏葉石櫟許是孤高的
鳳頭蒼鷹或低微的蛞蝓都好
不必爭論不需虛擬的敵人
我，不知道的，都知道了

附記：俊宏、彩雲夫婦從南投集集寄送農委會特有生物保育中心二〇〇九年紀事手冊，令我茅塞頓開。

200902 鹽分地帶文學

留葉

橡皮圈硬化斷裂崩解
在鬆與緊之間拉扯
遺忘的無聲之戰
在不留意的抽屜內層
落葉般散置的名片猶若
時間重疊時間

要忘卻或者記取
如昨夜夢包裹著夢

熟稔依偎陌生
陌生的名字更易的職銜
以及逐漸模糊不清的
容顏僅殘留很多年前依稀
彷彿曾經寫詩的允諾

有人不告而別在殘酷四月
怎麼春季會凋零了落葉
散了一抽屜名片狼籍
幽然辨識著裂解的，遺忘

20090519 聯合副刊

解剖宴

樹影婆娑怯然的尊榮
我們約定聚會餐桌
波爾多紅酒果然鮮豔若血
切開五分熟牛排彷彿
切開半生老友的腦袋

作家老友此刻書寫與否
或者念昔的正閱讀我們
當年革命時熱炙出版的著作

怯然是因為這餐飯的代價
必得撇開或澄清諸如友情
以及關於意識形態……

交心給熟稔卻陌生的
統治者且看他憨直笑容
唉，一餐飯抵過一本書版稅
何時我們都成了病理學家
學習解剖曾經親若弟兄的老友

他不是壞人……我們試圖解剖
老友不知終究我們沒有惡意
但不在場的你何以格格不入

不合時宜的夢幻騎士多麼地
孤獨。難道就是作家的本質……

切牛排的刀解剖的是老友
血絲緩緩滴出如我們不自在的
淚以及身不由己的卑微
切下一刀流出的血竟是自己
被切開的出賣以及焦慮今晚
歸去如何安睡……

200907 文學臺灣

素面

女顏之絕美
在於：素面的坦然

千年前就失去自信嗎？
石榴紅與土耳其藍
十指以及雙睫塗抹荷爾蒙
是否僅為了取悅和誘發
男子的獸性與怯懦

請教：愛美的淑女們
晨起或晏寢突來深思
妳要自然，還是造作？
浴後臨鏡坦然之肉身
忘卻所有所有化妝品……

在於：素面的坦然
女顏之絕美

20100829 聯合副刊

濾過性病毒

五月櫻花最後的遺言
莫非凋落在東北的庫頁島？
遠行之我早就忘了花事
卻彷彿帶著濾過性病毒回來

奈良鹿群依然索食，偶舉目
金色東大寺和春日大社都無關
乖馴質性因為佛陀的俯望
不餵食它們也不會看我一眼

是我虔敬淡漠或者佛陀明白
訪者凝注於平城京遷都千年祭
他們重建朱雀門複製遣唐帆船
鑒真大師五次東渡目盲以竟

回來大病只因不覷櫻花留情？
醫師斷言：勞煩傷神必得小心
安眠，靜養，暫緩書寫熬夜
學習鹿群不惹濾過性病毒的乖馴

20100914 自由副刊

V 浮夢紀

衣服的遊戲

衣服的遊戲，大約在酒後
尤其是內衣，怎麼會是一再的
反穿以及，不知所然

我明白，微醺之後意識多少
模糊，夢什麼時候降臨
無所謂，也許在眠中悄然死去
更好，幸福的極致

千萬不要癌症，心肌梗塞最好
一下子就過去，猶若詩友：
杜十三竟傷逝於異鄉中國
我們這代人，什麼是真正的
幸福？酒後醺然吧，不然
我們，還有什麼？
連內衣都欺負酒後的我們
怎麼？怎麼穿都不對……怎麼

猶若這是微醺，寫下的詩
明朝醒來，也許就不記得了

20101128 聯合副刊

風滿樓——致 苦苓

為你瓷瓶每天換一朵玫瑰
後來成為妻子的少女
那年十九歲我不曾見過
你不久捎來一幀結婚照

玫瑰般的香，乳蜜似的甜
誕生的獨子請我命名
卻是我短暫幸福裂解之時
你說：來我小樓喝盃茶

那年苦寒深秋因你而暖熱
玫瑰枯萎在十九年後
曾經書寫幸福之書哀傷再版
「當我醒來風滿樓」……
新序如此慨然回應
初老的你我與同的旅次曾經

20110308 中華副刊

觀畫——林惺嶽三千號油畫有感

夜色應該以何種顏彩落筆
藍的透明或是紫的曖昧
卻在三千號畫幅中央頂端
毫不妥協地留下一輪紅日

紅日遍照抑或將盡的替代
來臨的夜暗以露濕盈野
所有眠夢的生命仍在思考
豐饒的田園最初的耕牛

母親的乳汁大冠鷲羽翼
竟因敗德今時的傾圮之島

您以無比堅執不屈的大手筆
沉定描繪山嶽森林呼喚了
人神靈魂穿越的鳥和魚
惺惺相惜的決絕大愛

201103 創世紀詩雜誌

群島

應該以珠寶命名及定義
珍貴的紅珊瑚
謙卑的綠松石
所有藍色和雪白交織的
環礁海域如果凝固
就是夢幻般少年的蛋白石

顏彩爍熠、重疊、暈染
如果在深夜燈下翻看

錯覺竟是梵谷筆下的星夜
凌晨三時咖啡店還開著
躁鬱困頓的荷蘭畫家是否
是否遙念海角天涯遠行的
高更正沉眠於性愛之後
土著少女粗礪溫柔的雙乳之間

201104 鹽分地帶文學

北西北

四分儀定位北西北
秋霧以及鹽風猛烈
指引季節一次強制並且
不容爭議的凜冽意志
自虐還有憂愁是一襲
單薄卻堅韌的軟性玻璃
輕輕切割重重圍困

灰銀的公路通往秋霧

風吹方向北西北
海峽亡故百年的沉船記憶
卻是我欲忘未忘的雲中書
文字耽美的盛宴華麗
怎留下稀微星光之寒
轉瞬華年就再也看不見

201104 鹽分地帶文學

致：席慕蓉

第七本詩集出版之日
蒙古女子帶書回蒙古

靈魂早歸故鄉的雙親
一定微笑的從大草原
最遠最遠的地平線那端
向妳挪近也許騎著栗色馬

青春無怨地成了往事

故鄉是否開遍七里香
摺疊的愛在海之北
夢如果不再就留下詩吧

長長的詩紀念英雄
短短的詩寫給愛人

蒙古女子帶書回蒙古
第七本詩集出版之日

附記：賀席慕蓉新詩集《以詩之名》而作。

20110815 中華副刊

魚問

銀，該用液體還是固體形容？
水的冷，火的熱
其外非金屬內裡是溫柔
溫柔乃夜深時與自己對話
無語的反抗就以非金屬之銀
凜冽的匕首防衛，一切
古生物學家說：人由魚來
水族登陸注定悲劇

萬年以來文字一再揣臆
那麼莊子的哲學何以
至今難以解謎？
人知魚悅否？鱶魚何事
匕首般銀亮泅水多自由
魚從未問人：「你，快樂嗎？」

2011 夏季號乾坤詩刊

秋高粱

微醺就是微醺
環顧左右　想要一個個地吻過去

——鄭愁予〈最美的形式給予酒器〉

詩人島上來攜帶高粱酒
窗外秋雨呼喊冷的寂寞
那是等待前空洞著
祈盼瞻仰詩以及落籍的
理由其實酒才是傳奇

據說他的祖先伐光金門
所有的樟樹造船征臺
百年後島民種遍紅高粱
水晶的瑩亮，火焰的狂野

詩人攜酒來比詩更迷人
我原初的愁還予秋雨窗外
唉，高粱酒啊高粱酒……
你的青春我的青春齊歡舞
何時隨酒回，金門？

201105 金門日報副刊
2011 夏季號乾坤詩刊

浮夢紀

只允許在夢中尋著自我
那麼文學永恆的意義何在？
自我只允許尋著自我在夢中
虛與實就留給十四行詩吧

三桅船迷航在深霧的大海
北斗七星避開羅盤
水手就決定長眠不起了

原來做夢才能找到航路

夢中沒有暗礁激浪
像穿過一片若有似無的玻璃
深海的顏色僅有魚能知悉
鰓片呼吸了夢的幻覺

十四行詩留給虛與實
睡與醒中間隔著一條邊界

201108 笠詩刊

百花大教堂

米開蘭基羅一生不幸
不然何以雕刻大衛
必須在廣場餐風沐雨
裸著肉身，神會不會心疼

佛羅倫斯冬霧早晨
夜雪為大衛加了白鬍子
陽具垂著一朵紅玫瑰
誰的示愛，神的悲憫？

所有的神都避寒在裡邊
紅瓦圓頂的百花大教堂
既言百花想必有玫瑰
夜霧悄然偷採這麼一朵

一朵獻給無衣取暖的大衛
五百年前的雕刻家一定落淚

20110923 中華副刊

長和短

那人決定用一萬字說一生
年月日時分秒有多長？
長的是：遺忘
短的是：愛
詩人聶魯達永恆的定義

他為妻子買一束百合
花朵能夠存活多久？
短短的七天也許

長長的莖幹未必

那人決定用一個字說一生
秒分時日月年有多短？
短的是：夢
長的是：現實
哲人柏拉圖找不到烏托邦

20111012 自由副刊

手或者年

千手千眼能否救苦傾聽
像子夜驟雨時突而憶起
千山千里外沉吟的痛

千年依然沉積如靜靜的
寺院長牆角下的苔蘚
佛陀和觀音猶然感知，痛

偶然翻閱書冊尋索誤植

觀音千手存在千年
時間的慈悲詮釋了救贖
千手誤植千年如詩人打盹
恍惚寫下：錯得多美麗（註）

寧願寂度千年不信神能千手
就用一盃酒和時間對決
美麗的錯誤如觀音拈花一笑

註：詩人鄭愁予名句。我的著作年表之誤植而感。

20111012 自由副刊

Man's talk

好酒當前，逐看年分，產地
虛華的入座多少應對

三杯酒落，心事打開門窗
妻子，女兒……半生這般過來
因為愛，有愛還怨艾什麼？
怨艾？就是因為愛

男與女？價值的兩岸
因為愛，渡河不懼險峻
就為了帶給戀人一朵花

竊竊私語嗎？Man's talk
酒打開門窗的祕密其實
因為愛，因為愛……
猶若密教儀式的莊嚴
藉三杯酒足可說，一生

201110 笠詩刊

故宮

冬綠丘陵坐擁一方宮闕
故夢依然縈繫未了
海那邊千古的王朝以及
鬼魂還惦念閒時書寫過
的手帖或賞玩的瓷瓶
沾染血跡淚漬還有再也
回不來的記憶包裹著悔怨
灰飛煙滅的王朝榮辱只有

陪葬的三彩俑還微笑如昔
唐的燦麗，宋的黯淡
所以徽宗的書畫如此抒情
應是詩人卻不幸做了皇帝
傷春悲秋的絕美墨跡
在千年後的博物院暗泣

201112 創世紀詩雜誌

雕像

遠的是從前，近的是現在
端詳最初捏塑之意願
被指令或出自真誠
白瓷毛澤東和青銅魯迅
一切都過去了過去了
留下半身頭像在我書房

文革遺物，那年代每戶人家
供奉如神，毛澤東主席萬歲？

萬歲呼讚那人活不到九十
白瓷像毛語錄在地攤廉售

晨起慣於向魯迅道早安
阿Q比毛語錄價值永恆
千萬人迷於政爭少人讀文學
所以我收藏的雕像如此沉默

201112 創世紀詩雜誌

簡訊

這空間到那空間
三秒中意願抵達
兵馬侵入還是香氣襲人

尋索一個字
純淨一顆心
就怕誤植令人不信
像最後永別的宣示

能夠一瓶酒
可以一朵花
自我的教堂靈魂的暗室
命運未知的決定者

20120113 中華副刊

【後記】

愛詩，所以習詩

林文義

長久以來著力於散文書寫的我，直到年過半百方始習詩，彷彿是一次美麗的意外。

由於妻子引領，二〇〇五年起多次的日本京都尋訪，只因那復刻唐代風華的千年古城絕美，遂以情詩形式回向妻子眷愛，才有詩集《旅人與戀人》（二〇〇七爾雅版）的初航；幸蒙詩家羅智成專序〈美好生活的朝聖之旅〉予以加持。

散文作者決意探索詩的領域，無形中豐實了散文更為深邃的蘊涵。同樣在壯年開始寫詩的前輩作家隱地先生，曾經語重心長地說：

好詩人想要轉戰散文易，反之則難，尤其不肯讀新詩的散文家。

幸而我向來嗜愛讀新詩。十八歲時曾祈盼未來成為詩人，從《創世紀》、《藍星》、《笠》、《龍族》等詩刊勤奮研讀，竟然陷落文字迷霧……所謂的「現代詩」令我怯步乃是晦澀太多，明朗太少。許是年少淺薄、學養未萌，直覺難懂不識，此後遂專志散文以自期。及至十多年後，應詩家向陽誠邀，參予年輕、銳氣的「陽光小集」詩社，依然是唯一不寫詩的同仁；只記得以漫畫評論詩壇現象、主持詩社主辦的詩與民歌展演……愛詩卻怯於習詩。

半百習詩，猶若初探祕境、溯河尋源的康拉德小說，乍見陌生、異質的詩之領域，驚豔於繁花巨樹，美不勝收的歡喜讚歎！

詩之二集《顏色的抵抗》。私心就教文學同儕及向來熟稔我散文風格的知音讀者：習詩八載，如此可否？散文慣性是否罣礙了詩？

因之，詩家白靈、李進文二序自是我反思的借鏡；卷末詩評家李若鶯教授之論述，亦是予我受益良多的祈許和祝願。

愛詩，所以習詩。由衷感謝《聯合文學》不計損益的慷慨接納，以及願意閱讀這本詩集，知心的您。

20130310 臺北大直

【附錄】

靜好有聲——評詩四首

李若鶯

什麼是創作的動力呢？有人是因精神苦悶需要出口，有人是因澎湃的情意需要抒發，有人是對社會現實充滿改革的熱情，有人是因思想別有見地需要和人交流辯證……幾乎沒有一個優秀的作家，起步是為了煮字療飢。有動力，還有相符的天賦，加上後天綿延的學養、涵養，才足以造就一個優秀作家。

年輕的時候，看過或者聽過這樣的見解：青春是詩的年華，中年適合波濤洶湧的小說，晚年是爐邊燈下一則則散文。就閱讀或者是寫作，其實都是偏見。我知道的作家，多數有鮮明的身分——詩人或小說家或散文家，但也有部分在跨文體寫作交出亮麗的成績單，其中以詩和散文的通才較多，能再和小說領域也領引風騷的就較少了。以寫作的時間長度言，的確很多詩人在青春期綻放的芳豔詩花，到了秋天，就花黃葉落，有的尚有餘香繚繞，有的早被遺忘一如荒遠的傳說。也有很多小說家，到了晚年，或因體衰氣乏，不耐構思設局；或因生活侷限，題材困窘，漸漸停筆。散文的寫作者似乎是最能與時俱長的，但也有少數詩人，老年猶健筆如椽，雖然詩想漸趨平淡，詩意卻越見醇厚。

文壇熟知的林文義，是散文家，已出版三十八本散文集，宋澤萊稱他是「美麗島事件後，臺灣文學最重要的散文家之一」；他也寫小說，以華麗的文字書寫世態人事，出版有短篇小說集和長篇小說六冊。雖然羅智成在序林文義詩集《旅人與戀人》的文中，以後設語言說：「顯然，先前散文創作的基礎、經驗、束縛與動能終於還是把他推進了早該涉入的詩創作領域。」但在二〇〇五年之前，沒有人預言他將成為詩人，並且快速在二〇〇七年就可以挑選五十四首佳作出版詩集。

那麼，究竟是什麼動力使林文義在五十三歲的初老時節，開發文學表現的形式與方向呢？他在二〇〇五年開始發表詩作，當年就有作品入選《臺灣詩選》，主編蕭蕭暗示林文義遠離叩應才寫出純粹好詩；羅智成則認為林文義以寫詩傳達「抵抗」訊息，「對著一個險惡的環境去刻意浪漫、刻意美麗」，以宣示「我將堅持我自身美善的品質」（《旅人與戀人》序〈美好生活的朝聖之旅〉）。林文義寫詩的起點，可不可以沒這麼複雜和沉重，而僅僅是他重新品嘗戀愛，並享有了幸福；愛情，點燃林文義文學生命的新火苗，照亮他原本宣誓將孤獨以終的黑暗生命，也改寫他文學的前程。整本《旅人與戀人》幾乎就是林文義的戀愛獨白和記錄，對照他在〈幸福練習〉一詩每節首行所自陳：「練習寫詩的初老之年」、「練習寫詩從京都歸來」、「練習寫詩但願求得純淨」、「練習寫詩因為愛的緣故」、「練習寫詩妳從歲月挪進」，以及末節的：「練習寫詩原來是尋之幸福／最好的年齡／遇見最好的人／以詩詮釋」。細讀每首詩，愛的旅跡，歷歷斑斑，可見可考。因為愛的感受太強烈，幸福盈滿，林文義不能等候散文的慢慢醞釀或小說的細細編織，唯有詩的即興律動可以應和愛情的節奏，唯有詩的模棱隱喻可以躲藏愛情的曖昧，也唯有詩的繁複意象可以乘載愛情的華麗。因此，我會說，情人的林文義，造就了詩人林文義。愛因斯坦在戀愛時不也寫了詩嗎?林文義寫詩，不是沉潛，而是灼爍如一束迸綻夜空令世人驚歎的煙火，向世界宣示因為愛情而使殘缺黯淡的生命有了圓美的可能，詩是他靜好的聲音。

1. 南方

「潮汐停止的南方以南」，詩人把地域意象設在南方的海邊，那是天涯之所在，是思念所能到達的邊疆，「潮汐」在此「停止」，對青春的追憶也在此漫漶，被捲起的波濤沖刷匯入海水，再不能一一分明如當年留在手記扉頁的的序文。循著文字泝流追溯，青春的屐痕如頁次上的淚漬，如長髮的幽香似有若無，彷彿一場遙遠而淡然的夢，一朵昨夜開過的曇花，萎掛枝椏，等待零落。

「支線鐵道」，即使是實際的存有，當這個意象跳出詩人腦海時，其實也象徵另闢的蹊徑，是詩人的思路不經意會自動延伸的軌道與去向，導引現下情境中的詩人回到青春或者從前的某一境況中。童年回憶和青春愛戀曾經是林文義早期散文書寫的重要主題，那是屬於往昔的潮汐，而詩人站在現在的沙灘上；從前鬢間簪著貝殼髮飾的少女、往昔篇章中出沒的吻痕和淚漬濡濕的印記，成為詩人對今日戀人訴語的一則故事情節，久遠一如百年前鯨魚的歌聲，昔之海洋的潮汐已然停止，在南方海邊互訴情衷的這一夜。就如詩人在〈淡水，還予過往〉一詩所說的：「身心安頓於妳，所以淡水不值得描寫／猶若往昔瘡痍，就留予酒後會心一笑／妳是永恆的港灣，淡水就還予過往」，讓往事從此埋塚昔日的篇章。

「貝殼」的意象和「從海中悄然揚升」的描寫，令人聯想波提且力的名畫〈維納斯的誕生〉，暗示著青春期對愛與美的追求。林文義在多首詩中以「鯨魚」自喻，如〈鯨魚在唱歌〉：「方向指北方之方，朝最冷處旅行／我是孤獨泅泳之鯨」、〈北角〉：「耳語與謠言像野獸之爪／我純淨的心不須告解／兀自堅執孤獨的航路／向北的鯨魚放聲唱歌」，此處或許也是詩人的自我化身。

2.月蝕

「月蝕的晚上」可能是實指，也可能是詩人的審美造境，在那樣一個有月亮而月光被蝕損的夜晚，「就讓所有的燈光／用力再用力的點亮」，猶如遭逢人生的困境，更要顯現性命的光輝和強韌，釋放不向命運俯首的力量。而這力量，來自「愛」，來自兩人繾綣的美麗記憶；香港的維多利亞港或是日本東京，只是詩人和戀人眾多遊歷之地的取樣；在月光下喝酒歡愛，月光灑落交纏的裸體，為熱情和歡愉留下見證，也將景象鏤刻記憶深處，這樣的情景也只是二人廣闊的歡愛風景中取樣的一幕。

林文義詩的特色之一，是經常會在氤氳的情境中，切入具體之事或具象之景，使他的詩表現一種與生活密切結合的活力，羅智成在他的序文中云：「當生活接近理想時／林文義便受到感動／所以，他的詩特別接近生活」，我認為林文義為了讓他的詩表現出接近生活的價值感與意義，所以他很敏銳地捕捉生活中的感動，並且將之理想化，因此而構築他的詩意，而這詩意，順勢積澱成為他所信仰的生活內容和美學態度，他的生活因此朝向詩意進行著，並且反饋在詩裡。這種對理想（或者說詩意）的追求，從他的散文一直綿延到詩，應該就是林文義根本的生命情態之一。

第二節月光映景便起著運用實錄強化詩的活體性的作用。自二〇〇五年之後，林文義的朋友們約略知道他漂泊的情感終於有了依歸，讀著他這些深情的詩語：「這蒼茫人生，僅有妳是我的知己／我這前半生漂泊的心，因妳而安定」〈燭光醺然〉、「只要妳珍惜，寧可是這浮世的陌生人」〈辨識〉、「若妳走入花店我就是那最燦爛的花朵」〈紀念冊〉，為他高興能有Daphne這樣一個兼戀人與知己的伴侶。愛情的篩漉，使經歷滄桑的林文義心靈的渣滓風煙消散，「潔白若鯨泅向最北冰海」〈鯨魚在唱歌〉。

末節詩人聯想波特萊爾和太宰治，二位都遊冶無度的作家，並且在他們的作品中對性、死亡和欲望都有相當顛覆傳統觀念的描寫，波特萊爾四十六歲因病去世，太宰治在三十九歲時第五度自殺死亡。或許他們陰暗的生命情態和書寫內容，讓詩人聯想到「月蝕」，在東西方的古老傳說中，月蝕之夜都是不吉不祥的夜晚。可是詩人又將之繫聯到懷中戀人的出生之夜，彷彿藉此呼應首節，因為生命有能量，愛有能量，只要「用力再用力」就能點燃且發出輝光，足以反抗自然的蝕損。那麼，有月光或者沒有月光都一樣。

3. 群島

這首詩也許是詩人翻看著某一島群的圖象，被觸動的玄想，我個人希望被詩人用這許多珠寶命名及定義的島群是臺灣以及它周遭的島嶼：和平島、龜山島、綠島、蘭嶼和澎湖數十個列島等等。

這張圖象還讓詩人想及梵谷名作〈星夜〉，並且因梵谷而想及高更，這首詩就聯想的跨度言，可以說是意識流的寫法。詩人隨著想像神遊於梵谷和高更的故事及畫作間，並且彷彿沒有時空距離地噓寒問暖，充分表現出尚友古人的情懷。

就技巧言，這首詩用了繁複的美麗譬喻，藉著視覺描繪再現景象，幫助讀者展延如臨現場的想像；對綠松石賦予人性化——「謙卑」——的描寫，凸顯二種顏色——紅與綠——在圖上分布比重之懸殊。「凌晨三時咖啡店還開著」，或許正是此詩發芽蔓長的時空，詩人巧妙地將它編進對梵谷的遙念中，今之詩人與昔之畫家對映如鏡，泯除自己和古人的時空隔絕，相當慧心。

這首詩也引發我意識流的欣賞，「紅珊瑚」令人想到鄭愁予名句：「我從海上來／你有海上的珍奇太多了……／迎人的編貝，嗔人的晚雲，／和使我不敢輕易近航的珊瑚的礁區」〈如霧起時〉，以及「啊，當春來，飲著那／飲著那酒的我的裸體便美成一支紅珊瑚」〈裸的先知〉；加上詩末結束於高更「沉眠於」「溫柔的雙乳之間」，那麼，梵谷和高更可能別有所指，然則，詩所要表達的，其實是無限之旖旎與寬廣！

4. 北西北

「自虐還是憂愁是一襲／單薄卻堅韌的軟性玻璃／輕輕切割重重圍困……」讀著這苦味的詩句，想及領受上蒼二度青春恩寵之前的林文義，電視政治評論家的光環使他成為公眾人物，在藍綠堡壘分明的現實社會裡，毀譽參半，加以婚姻和家庭的不順遂，使他深深陷入憂愁裡，發出「人間究竟是天堂或地獄」的質疑，感傷著「哪片岸？可容漂泊之心靠泊」〈海上花〉，那時臺灣於他是「偽善之地」〈一九八七〉，「公理與正義如風中燭」〈美麗〉，那段期間他做了些自虐也使他人內傷之事，最後，他熄滅光環，自囚於情愛之外，並且「誓言孤獨以終，放逐以名／也許，此生不再有幸福／允諾，文學將是永生之救贖」〈一九八七〉。這段歷史，在北西北的人生角度演出，彼時，秋晨的濃霧掩翳著晴朗的天空，鹽風猛烈吹襲善惡分明的信念，搖撼霧中偶現的花蕊，對幸福的祈盼，被他形容為「一本被凍結的存摺」〈青蘋果〉……「自虐」和「憂愁」的確是一堵「軟性玻璃」，透明無色無臭，將人「重重圍困」，玻璃外的旁觀者看著你自在生活，只有自己知道無法如飛俠撞破翻越這「單薄而堅韌」的密室圍籬。

在「灰銀」色的初老年華，記憶的公路通向往日那場「秋霧」，鹽風吹捲低垂的布幕，覆蓋的、淹漬的、埋葬在字裡行間的，那些早經理性的法官判定必須永世不得復生的，都在公路盡頭騷動著，發出稀微的聲響。一如島國的歷史——「百年沉船的記憶」，都是一卷「欲忘未忘」的長帙，攤開在雲端，抬頭的時候，就會不經意望見！詩人在這裡將個人際遇綰合島國命運，賦予個人滄桑強烈的歷史感和悲壯。我將

「海峽亡故百年的沉船記憶」做了政治性的解讀，因我乃臺灣國家正常化的擁護者，所謂百年黨慶，於我正是一頁不堪翻讀的齷齪殖民史，是島國母船傾沉的記憶！

宋澤萊曾說：不論內容或形式的表現上，林文義都傾向於輕薄短明，並且帶著哀愁與唯美的特質（引自《臺灣大百科全書》）。「文字耽美」是林文義的語言特色，他細膩遣詞用字，經營每一篇章就像準備一場無瑕華麗的盛宴，也堆疊成林文義青壯年的文學盛宴，因為曾經這般用心經營備辦，對盛宴中的人事物，他的記憶就特別多，即使想揮去，還是會自然出沒腦海，啊，不過是一些稀微的星光，溫度終將逐漸冷卻而熄滅，曾經的華年，有一天將永遠沉睡在遙遠的過去裡。

在〈河月〉一詩裡，林文義這樣寫著：「終於澈悟：原來幸福必得悲歡歷盡」。雖然往日的事蹟和情懷封存在三十多本書冊裡，在幸福洋溢的當下，林文義也不免有反芻的時候，也許發出酸腐的嗝噫，並且在他的詩中，對幸福的降臨以喜以懼；然而，也因為這樣的自剖反省，林文義才能不再憂疑地真切抵達幸福的終站，在美麗的時刻和知心的戀人，依偎閒步，寫下「荒原因妳得以詩句開遍花朵」〈收藏〉、「真愛是寫不完的一卷長詩」〈跨年〉的詩句。

林文義以〈詩的回憶錄〉一文向曾獲諾貝爾文學獎的詩人聶魯達致敬，文中說，聶魯達「是以詩記載一生」、「一生豐饒華麗的體驗、歷經的思路理念都是從最初始、單純的文學出發」，這些話用來形容林文義，也是如響斯應。他的真率，文學與生活要緊密結合的信仰，是他詩語言的石粒，卻也是他詩心的珍珠。展讀他的詩集和新作，很高興發現石粒都逐漸不著痕跡地磨出珠玉的光華。

在小說《妳的威尼斯》扉頁，林文義強調他要訴說的，無非「一種人間的真情實意」，又說：「我還是堅信只有文學才是生命最美麗的安頓」二〇〇五年秋天的某個子夜，詩人對鏡，溯往一九八七年臺灣解嚴初年的歲月，對照當下，寫下：「歲月花開花落，回首一片靜謐／美麗的時光，是妳攜來身心安頓／二〇〇五此刻，我靜好無聲」〈一九八七〉的詩語。諧順的愛情使激憤的心情平靜，戀人的溫柔撫平了心中的塊壘，詩人再不必大聲吶喊疾呼，遂遁隱在內心深處的靜好中，以遨以遊。但在他往後的詩裡，我們讀到這些靜好，或是綺麗的呢喃，或是濡沫的噓息，或是無以名狀的歡呼，在唯美的意象和浪漫的情懷中，不斷發出交織的音響。

二〇一一年暮春，在眾聲喧譁的鳥鳴中，愉快地寫下這篇心得，祝福在愛中誕生的詩人林文義在美中成長。

201104 鹽分地帶文學

（李若鶯，曾任國立高雄師範大學國文系教授、華語文教育研究所所長退休）

國家圖書館出版品預行編目資料

顏色的抵抗 / 林文義著. -- 初版. --
臺北市 : 聯合文學, 2013.07

272面 ; 14.8×21公分. -- (聯合文叢 ; 565)
ISBN 978-986-323-052-6(平裝)

851.486 102011889

聯合文叢 565

顏色的抵抗

作　　者／林文義
發 行 人／張寶琴

總 編 輯／王聰威
叢書主編／羅珊珊
副 主 輯／蔡佩錦
資深美編／戴榮芝
校　　對／白靈　林文義　蔡佩錦　羅珊珊

法律顧問／理律法律事務所
陳長文律師、蔣大中律師

出 版 者／聯合文學出版社股份有限公司
地　　址／110臺北市基隆路一段178號10樓
電　　話／(02) 27666759轉5107
傳　　真／(02) 27567914
郵撥帳號／17623526 聯合文學出版社股份有限公司
登 記 證／行政院新聞局局版臺業字第6109號
網　　址／http://unitas.udngroup.com.tw
E-mail:unitas@udngroup.com.tw

印 刷 廠／瑞豐實業股份有限公司
總 經 銷／聯合發行股份有限公司
地　　址／231新北市新店區寶橋路235巷6弄6號2樓
電　　話／(02) 29178022

出版日期／2013年7月　初版
定　　價／280元

ISBN 978-986-323-052-6（平裝）

聯合文學 感謝您購買本書，這一小張回函，是專為您與作者及本社所搭建的橋樑，我們將參考您的意見，出版更多的好書，並適時提供您相關的資訊，無限的感謝！

＊書友卡每月月初抽出二名幸運讀者，贈送聯文好書

＊書友卡資料僅供聯文力求進步，資料絕對不會外流

您是聯合文學雜誌：□訂戶　□曾是訂戶　□零購讀者　□非訂戶也不曾是零購讀者

您願意聯合文學同仁和您聯繫，向您介紹聯文的雜誌和叢書嗎？　□願意　□不願意

姓名：　　　　　　　　　生日：　年　月　日　性別：□男　□女

地址：□□□

電話：（日）　　　　　　（夜）　　　　　　（手機）

學歷：　　　　　在學：　　　　　職業：　　　　　職位：

E-Mail：＿＿＿＿＿＿＿＿＿＿＿＿＿＿＿＿

1. 您買的這本書名是：＿＿＿＿＿＿＿＿＿＿＿＿＿＿＿＿

2. 購買原因：＿＿＿＿＿＿＿＿＿＿＿＿＿＿＿＿

3. 購買日期：＿＿＿年＿＿＿月＿＿＿日

4. 您得知本書的方法？

□＿＿＿＿報紙／雜誌報導　□報紙廣告書評　□聯合文學雜誌

□＿＿＿＿電台／電視介紹　□親友介紹　□逛書店

□＿＿＿＿網站　□讀書會／演講　□傳單、DM　□其他＿＿＿＿＿＿

5. 購買本書的方式？

□＿＿＿＿市（縣）＿＿＿＿書店　□劃撥　□書展／活動

□＿＿＿＿＿＿＿＿網站線上購物　□其他＿＿＿＿＿＿

6. 對於本書的意見？（請填代號1. 滿意 2. 尚可 3. 再改進，請提供建議）

書名＿＿＿內容＿＿＿封面＿＿＿編排＿＿＿綜合或其他建議＿＿＿＿＿＿

＿＿＿＿＿＿＿＿＿＿＿＿＿＿＿＿＿＿＿＿

7. 您希望我們出版？

＿＿＿＿＿＿＿＿作者或＿＿＿＿＿＿＿＿＿＿類的書

8. 您對本社叢書

□經常購買　□視作者或主題選購　□初次購買

文　學　說　盡　人　間　事　　自　己　的　一　生　就　是　文　學

客戶服務專線：（02）2766-6759轉5107聯合文學網：http://unitas.udngroup.com.tw

（請沿虛線剪下）

廣　告　回　郵
北區郵政管理局登記 證北台字7476號
免　貼　郵　票

聯合文學 出版社股份有限公司　收

110 台北市基隆路一段178號10樓

10F,178 KEELUNG RD.,SEC.1,
TAIPEI.(110)TAIWAN R.O.C.

（請沿虛線對摺後寄回，謝謝!）